KB145741

가슴 울리는 문학 동인 시집

가을은

시음사
시사랑음악사랑

/ 발간사 /

♡밝은 마음 행복한 공간에서♡

주말이면 가까운 지인들과 가벼운 여행을 즐기는 나는 어느 날, 척박한 바위틈에 둥지를 틀고 끈질긴 생명을 지켜내기 위해 안간힘을 쏟는 소나무를 만났습니다. 척박하기 그지없는 바위에 기댄 소나무를 보면서 한 삶을 돌이켜 봅니다.

물기조차 말라버린 바위에서 생명을 찾은 소나무가 씩씩하게 생명을 부지하고 있었습니다. 정이 마른 세상을 헤쳐 나오느라 황량하게 변해버린 나의 감성에 한 줄기 빛으로 희망을 던져준 詩의 세계를 찾았던 나를 닮은 소나무가.

말이 없는 자연과 끊임없이 교감을 나누고 고뇌의 물로 촉촉이 적신 시심은 싹을 틔우고 꽃을 피웠습니다. 그렇게 발들인 문인의 길에서 만난 인연으로 우리라는 "가슴 울리는 문학"이 탄생했습니다.

가을에서 겨울로 가는 길목에 서서 지난 일 년을 돌아봅니다. 쌀쌀하게 불어오는 바람을 견디지 못하고 뒹구는 낙엽에서 고독을 보았습니다.

봄바람이 유혹하는 손길을 따라 세상으로 얼굴 내밀었던 파릇한 이파리가 어느덧 붉게 옷을 갈아입고 짧은 생을 마감하는 낙엽. 그곳에서 지난 나의 젊음과 사뭇 닮은 듯 아닌 듯 내 곁을 맴도는 자연의 순리를 봅니다.

낙엽의 실핏줄이 설핏 스러질 때, 못내 아쉬움을 떨쳐 버리지 못한 미련이 내 삶의 한가운데로 걸어왔습니다. 그렇게 "가슴 울리는 문학" 밴드가 탄생했고 우리라는 봄을 맞이했습니다.

설렘으로 첫발을 뗄 때의 부푼 가슴, 순간순간 밀려오는 무거운 짐을 내려놓지 못해 뜬눈으로 새웠던 무너지는 가슴조차도 끌어안았습니다. 이 모두가 희로애락을 함께했던 문우님들과 임원님들이 계셨기에 가능했습니다.

내가 무너지지 않게 받쳐주시고 용기를 북돋아 주신 문우님들에게 조금이나마 보답을 드리고자 밴드의 문을 연 지 일 년만에 창간 동인지를 발행하게 되었습니다. 첫 출발은 미미하였으나 한 발 한 발 천천히 그러나, 쉬지 않고 나아갈 것입니다.

문우님들, 한국의 내로라하는 문인을 흔드는 기린아로 우뚝서는 그날까지 우리 같이 손잡고 나아갑시다. 우리라는 이름으로 똘똘 뭉쳐 "가슴 울리는 문학"을 글방 밴드의 가장 높은 곳에 올리는 힘을 보태 주시리라 믿습니다.

미력한 나를 믿어주시고 적극적으로 동참해주신 문우님들께 감사의 마음 전합니다. 문우님들의 든든한 후원을 등에 업고 열심히 나아가겠습니다.

문우님들의 한결같은 마음이 여기 모였습니다. 이번에는 비록, 동참은 하지 않았지만, 응원해주시고 후원해주신 문우님들께도 감사드립니다.

그리고 "가울문" 창간 동인지에 권두언 시를 흔쾌히 승낙하시고 기꺼운 마음으로 축하해주신 한국 문단의 거목 채규판 교수님께 머리 숙여 감사드립니다. 더불어 진심으로 축하의 글을 보내주신 정상원 시인님께도 감사드립니다. 또, 저에게 평생 잊지 못할 존함과 詩와 글공부를 각인시킨 조희선 스승님! 물심양면의 지원과 아낌없는 가르침에 진심 어린 감사함을 전합니다. 끝으로 "가울문" 로고에 기꺼이 힘써주신 도운 김종기 캘리 작가님께 감사드립니다.

늘 한결같은 마음으로 "가슴 울리는 문학"과 함께하는 여러분, 사랑합니다.

대표 김재덕

/ 축하의 글 /

가슴 울리는 문학 창간을 축하하며

세월의 때를 덕지덕지 입은 돌담을 보신 적 있나요. 거기에는 파란 이끼도 자라고 상처 난 틈바구니를 비집은 수없이 많은 생명이 꿈틀거리며 저마다의 삶을 꾸려가고 있습니다. 담장을 따라서 키 작은 봉선화가 줄지어 서서 예쁜 미소를 보내는 곳이면 더욱 좋구요.

이렇듯 세월이란 자연 그대로의 모습으로 옷을 바꿔 입으며 조화로운 세상은 우리네 가슴, 가슴을 따뜻하게 보듬어 줍니다. 꾸밈없는 삶의 본질을 보여주는 정겨운 풍경화는 감성을 자극하며 깊숙이 잠든 의식을 깨웁니다.

정겹게 우리의 감성을 자극하는 저 돌담도 새물내 퐁퐁 풍기던 때가 있었겠지요. 저 또한 파릇한 시절이 있었지요. 구르는 낙엽에도 까르르 욕심 없는 웃음을 웃을 수 있었던 그 시절, 시인이 되었다가 소설가가 되기도 하고 뜬금없이 화가가 되기도 하는 꿈을 키우던 시절이었지요.

녹록지 않은 사람살이에 묻히고 욕심과 욕망으로 달렸던 지난 시간에 저의 꿈은 낡고 헤어져 바람 속으로 흩어져 버린 줄 알았습니다. 오십 고개를 넘고 조금은 여유로워지자, 내 안에서 잠자고 있던 그 꿈의 조각들을 발견하기 전까지.

내 안의 나를 끄집어내고 다듬는 과정에서 고통과 좌절을 겪기도 했습니다. 그러나 첫사랑의 설렘을 맛보는 그 순간의 짜릿한 경험 또한 저를 깨우기도 했지요. 이제는 외롭지 않습니다. 열정을 바칠 사랑이 내게 있으니까요. 꿈과 희망과 첫사랑의 열정을 따라서 가면 '진정한 나'를 만날 거란 걸 알았으니까요.

지금의 내가 있을 수 있게 채찍이 되어주신 분이 많지만, 지면을 빌어 감사를 드릴 분이 계십니다. 꿈을 따라서 가는 길목에서 목표를 향한 나의 발걸음을 재촉하며 '내 인생의 목표'를 또렷하게 볼 수 있는 기회를 주셨지요. 그분은 '가슴 울리는 문학'의 리더이신 김재덕 시인님이십니다. 우연한 만남은 인연의 끈으로 묶여 여기까지 왔습니다. 김재덕 시인님께 늘 감사드립니다.

그리고 정상원 시인님을 통한 인연으로 저의 큰 스승이 되어주신 채규판 교수님이 계십니다. 저의 부탁을 흔쾌히 허락하시고 '가슴 울리는 문학'의 무궁한 발전을 기원하는 권두언 시를 보내주신 큰 스승님께 엎드려 감사의 예를 올립니다.

세월의 흔적을 묻혀 정겹게 다가서는 저 돌담처럼 모든 이의 가슴을 울리는 문학으로 우뚝 서는 그날까지 우리 함께 갑시다. 리더님과 임원진, 그리고 문우님들의 힘을 모아 정진하길 바라는 마음 앞세워 봅니다.

문우님들의 앞날이 밝게, 환하게 빛나기를 진심으로 바랍니다. 창간호를 엮기 위해 밤을 낮 삼아 애쓰신 리더님과 임원진의 노고에 박수를 보냅니다.

고문 **조희선**

✰ 목차

목차

✫ 목차

시인
채 규 판

목차

- 출생 : 1940. 04. 11
- 출생지 : 국내 전라북도 옥구
- 아호 : 금오(金烏)
- 1966. 한국일보 신춘문예에 [바람속에 서서]로 등단

- 원광대학교 대학원 국문학 석사
- 원광대학교 국어국문학과 학사

〈수상〉
- 2013. 제21회 목정문화상
- 2007. 제11회 서포문학상 대상
- 1999. 제1회 마한문학상
- 1993. 제12회 한국문학평론가협회상
- 1991. 제3회 백양촌문학상
- 1989. 제13회 한국시문학상
- 1979. 제20회 전라북도 문학상
- 1964. 제1회 원광문학상

시간의 꽃 / 채규판

시간의 머리맡에 구름이 놓인다

달라붙은 북새를 털어내며
두세 낟씩 만지작대며
훠얼훨
길을 간다

이파리마다 성에가 끼고
한달음에 넘어 온
눈물의 긴 울타리를
그리워하겠거니

철길 무너진 벼랑 위에
야트막히 피는
더러
보송한 털비슭이 부드러운
꽃
시간의 꽃

꽃의 머리맡에도 구름이 앉는다

시인, 시조, 수필 작가
정 상 원

목차
미약

- 아호: 小岩
- 1968년 전북 군산 출생
- 한국 미소문학 시 부분 신인상
- 현대 문학사조 시조 부분 신인상
- 서울문학인 수필 부분 신인상
- 전북 불교문학 회원
- 한국문인협회 회원
- 숨 문학 동인
- 미소문학 호남 지부장
- 문학고을 부회장
- 매월당 김시습 문학상 시 금상
- 무원 문학상 수필 본상
- 제 1회 시인들의 샘터문학 우수상
- 시집 : 사호재의 밤, 기억의 저편에 꽃이 핀다.
- 공저 : 불교문학 다르마, 텃밭문학, 꽃들의 붉은 말.

미약 / 정상원

이끼가 마른 숲을 철들게 한다

철들어 날개를 펄럭이지 못하고 생각은 가슴으로 뿌리를 내린다 심장의 박동이 지나는 시간은 보이지 않고 잊어진 듯 잃어버린 침묵을 펼치지 못한 어둠이 필름에 감긴다 지난은 다가옴의 분주함을 숨길 수 없다 지친 숨 들이켜는 지나온 자리가 아파서 앉지 못한 서성거림에 의자는 모른 듯 딴짓을 한다 비에 맞은 젖음이 스며든 풍상에 찌든 몸 펴지 못한 미동도 없이 지켜선 서린 이슬을 온몸으로 뒤집어쓴 티끌의 씁쓸함을 바람은 알까 모른 듯 두 눈 감고 쓸어가는 쓸쓸함의 허무는 가슴을 저리게 하고 약속이나 한 깨끼의 손톱에 세월의 때가 끼었다 잘라도 자라나는 손톱의 싹이 줄어들 때 다가옴의 시계는 눈을 깜빡거릴 뿐 정지된 뿌리의 물은 스며들지 못하고 잠든 아쉬움의 소리만 기억의 울림으로 메아리친다 이상은 기다림을 허락하지 않는 머문 자리에 발 디딜 그리움의 이끼는 아직도 마르지 않는다는데

시인
강 설

목차

- 1968년 전남 영광 출생
- (주)유정 산업개발 대표이사
- 현) "가슴 울리는 문학" 회원

가을의 노래 / 강설

이맘때쯤
가을빛을 맞이할 계절이 다가오고
굳이, 가을을 부르지 않아도
세월은 나를 가을로 데려다주네요

낙엽의 색채에 맞춰 노래하며
그 노래로 사랑도 만들고 아껴둔 마음으로
풍성한 가을을 즐기라네요

고독한 사람들이 가장 좋아하는 계절
아름다운 꽃도, 잎새 진 단풍도 보며
열매 익어가는 가을의 소리 들으라네요

모름지기 가을을 사랑하는
고운 노래가 있음에 고독을 즐기듯
아름답게 사는 거예요

가을이 물들 듯한 내 청춘이기에
잊히는 게 아닌 또 다른 매력의 삶이
바람결에 흔들려도 외로움 떨치며
수줍은 얼굴로 가을을 노래해요

꼭, 그런 것은 아닙니다 / 강설

당신을 사랑한 것은
가슴 아프려고 시작한 것은 아니며
언제 어느 때라도
당신을 사랑하려는 것이랍니다

눈물로 밤을 지새우려며
마음 한구석이 에이듯 한 고통으로
사랑을 시작한 것도 아닌데
제 마음이 당신을 사랑하는 것입니다

내 진실한 마음과 애틋한 사랑을
당신께 베풀 것을 다짐하노니
당신 또한 사랑으로 나를 감싼다면
당신을 평생 사랑하며 살겠습니다

꼭, 그런 이유로
당신을 사랑하는 것은 아니지만
내가 그리워한 만큼만 아파지고 싶고
이루지 못한들 원망하지 않을 겁니다

부끄럽지 않을 내 사랑인 당신이
이젠, 나를 사랑할 차례이며
난, 영원한 사랑으로 추억하렵니다.

가을 앞에서 / 강설

가을을 사랑한다면
가을을 놓치지 말아야 하며
시간이 많다고 머뭇, 머뭇거리다간
가을이 떠나 버립니다

가을 앞에 사랑으로
임을 물들여야 한다고 생각할 시간에
어느 순간 어디로 가버리면
그대를 찾을 수 없습니다

사랑하는 이, 행복하게 하려는
고운 마음이 물들여 가는 가을 앞에
사랑하는 진실한 마음으로
행복한 사랑을 주는 것입니다

가을 앞에서
기쁘게 사랑한다고 말하렵니다

내 삶 속에서 가장 위험한 힘은
당신의 사랑한다는 것이며,
가을을 선택한 사랑이기에
당신을 사랑할 수 있었나 봅니다

수필 작가
권 영 심

목차

- 마리의 따을(먹거리 마을) 대표
- 인문학 희망봉 추천 등단 작가(신인상 수상)
- 샘터문학상 수상 작가
- 누리보듬 온정나누미 봉사자
- 치매 카페(봄날 카페) 봉사지기
- 인천 서구 의료복지 후원회 홍보분과 위원장
- 인천 시민 서구 자원봉사회 수석여성위원
- 서부경찰서 경우회 자문위원단 총무
- 가슴 울리는 문학 회원

풍등 / 권영심

내게 풍등 하나 주오
달 없는 어두운 밤
저 먼 곳으로 날려 보낼
풍등 하나 주오

생의 애절한 기원을 담아
날려 보내면 이루어질까?
간곡한 당부 실어
노란 불 밝힌 풍등 하나 보내고
나는 울려 하오

이 생에서도 저승에서도 할 수 없어
풍등에 먼 소망을 실어
저문 하늘로 보내고
나는 이제 빈 마음에 그리움을 채우며
나머지 삶을 살려 하오

달그림자 / 권영심

늦은 밤 연못가에 서니
달그림자 머무네
물속에 손 담가 달을 잡으려 하나
달은 부서지고 잡히지 않네

바람이 불어 물결 흩어지고
달그림자는 제 모습을 잃고 일그러진다

달이 아닌가
달인 것인가?

아서라, 사람이여!
달그림자를 보고서
달을 보았다고 하지 말게나

살아가야 하는 이유 / 권영심

살아가면서
살기로 작정하면서
살아야만 하는 이유를 찾는다

고통스러운 이별도 처절한 배신도
에는 것 같은 비탄마저도
살아가야 하는 이유

무엇으로 이 한 생을 살까
때론 아득하지만
주저앉는 내 등을 가만히 두드리는 손

그 울림이 살아가야 하는 이유

누구나 희망을 말하고
누구나 행복을 노래하지만
내 것이 아닌 것 같아 목메어도
그래도 바라는 것
그 바람이 살아가야 하는 이유.

김경기

★ 목차

- 아호 : 월암
- 1964년 충북 제천 출생
- 경희대학교 졸업
- 현) 가슴 울리는 문학 회원

산책길 / 김경기

산책길 물오리들
아침 인사 정겹다

파드닥 날갯짓하며
꽥 꽥꽥 왁자지껄
건네는 몸짓 인사에
나도 따라 손 인사

이 순간
물오리들과 소통의 시간이다

뒤돌아 만난 적 없던 사람들처럼
생면부지 남남 되어
제 갈 길로 간다

이 순간
잊히기 싫어
언제 그랬냐는 듯 잊힌 것처럼

이 또한 사람 사는 세상이라고
돌아오는 강 모퉁이 와글와글
이름 모를 들꽃이 피었다.

계절이 나를 버린들 / 김경기

하마 가을은 저만치 멀어져 가고
첫눈도 내려 버렸다

가을이 나를 버리면
겨울이 정중히 마중할 테고

겨울이 나를 버리면
봄이 기쁘게 반길 테고

봄이 나를 버리면
여름이 신나게 달려올 테지

계절이 나를 버린다 한들
내가 곧 계절인 것을

첫눈은 마법 / 김경기

첫눈 오는 날
만나자 약속했던 의림지에도
첫눈이 내린다

너와 내가 만나
사랑을 속삭이던 곳에도
첫눈이 내린다

어제 낙엽 지고
그리움 남은 자리에도
첫눈이 내린다

그리고 생각나게 한다

첫눈처럼 소리 없이 다가왔던
아름답고 가슴 떨리던 첫사랑
첫눈은 마법이다.

시인, 시낭송가
김 금 자

★ 목차

- 시호: 서정
- 1960년 강원도 정선 출생
- 2017. 대한문학세계 시 부문 등단
- (사)창작문학예술인협의회 회원
- 대한문인협회 경기지회 정회원
- 2018.5. 경기지회 향토문학 글짓기 대회 동상 수상
- 2018. 대한창작문예대학 8기 졸업
- 2018. 문예창작 지도자 자격 취득
- 2018. 대한창작문예대학 8기 졸업작품 경연대회 동상 수상
- 2018. 시 길을 가다(공저)
- 2018. 문학 어울림 동인지 2(공저)
- 2019. 문학고을 창간호(공저)
- 2018. 대한시낭송가협회 제7기 수료 및 정회원
- 2018. 한국문학 올해의 시인상 수상
- 2019. 푸른 문학(공저)
- 2019. 대한문인협회 주관 순우리말 글짓기 경연대회 동상 수상
- 현) "가슴 울리는 문학" 감사

몽돌의 그리움 / 김금자

어쩔 수 없는 모정의 깊이를
철없는 동심은 몰랐을 겁니다

양지에 머물고 싶은 소망도
잔잔한 바다가 더 아파한다는 것을
그때도 몰랐을 겁니다

밀물, 썰물에 바람이 파도를 흔들어
몽돌이 운다는 것도 모르나 봅니다

그러던 철부지들이
밤이면 엄마 품이 그리워 풀이 죽고
만나면 헤어지기 싫어 울다 보니
아물던 상처도 덧났을 겁니다

이젠,
또 만날 수 있다는 것을 아는지
눈물도, 뒤돌아보지 않고 가버립니다
그 마음 얼마나 아팠을까요

보고 싶어 울퉁불퉁 아린 마음을
동글동글하게 다지고 다졌는지
이쁜 몽돌이 되어갑니다

그 뒷모습 아른거려 눈물 맺힙니다.

햇살에 녹은 얼음 / 김금자

한겨울의 앙상한 나목이
여름 옷가지 걸친 듯한 황량함에
굳건하게 온기를 더해보지만
시린 가슴은 찬바람에 더께 간다

핏기없는 얼굴은
솔가지가 후딱 타버린 잿빛 같고
가시넝쿨이 햇볕을 가린
새순의 여린 마음을 찌르는 가시 질
심장에서 피눈물 흐른 듯하였다

내밀 것 없는 빈손이 부끄럽고
힘 실어준 이 없던 세상이 싸늘하여
싹을 틔워야 할 나목은 숨죽이듯 한
그 무엇에 억눌렸다

어느 날
행복이란 햇살이 아장아장 걸어와
옆구리 푹푹 질러대더니
숨죽인 인생의 물꼬가 트였는지
새순이 돋아 희망의 꽃봉오리 맺는다

그렇게도 시리던 가슴에서
시냇물 소리가 난다.

달빛에 어린 꿈 / 김금자

가로등 게슴츠레 눈 비비는 골목길
무심한 달빛에 비친 포도의 여린 순
꽃대를 세우며 노란 꽃을 피운다

달무리 진 밤엔
잎새 뒤에 숨은 가느다란 줄기가
더듬이인 양 살금살금 뻗어간다

골목길 지나던 바람이 전해준 세상사
눈물 콧물 찔끔거렸던 고된 삶 속에
어라, 올망졸망 맺힌 포도 알맹이
숫처녀 젖꼭지같이 앙증맞다

어느새 칠월의 햇볕에
알알이 영근 날을 손꼽아 기다리며
네 곁을 지날 땐, 곁눈질로 훔쳐보던
지난여름 짙은 추억이 생생하다

너의 숨긴 꿈 벗겨버릴 오늘 밤
은은한 달빛이 가슴을 파고드는데
은쟁반 위의 풍만한 자태에
설레는 벌렁거림 지그시 눌러 본다.

김 난 영

★ 목차

- 1963년 전남 신안군 지도 출생
- 현) 1남 1녀 주부 부산 거주
- 현) "가슴 울리는 문학" 임원

모르겠어 / 김난영

흔들의자에 몸을 싣고
멍한 채로
생각 없는 시간을 보내고 싶었다
흔들흔들
여기저기서 지저귀는
청아한 새소리에
평온했던 마음이 울컥거리며
오늘따라 유난 떨며 슬프게 다가선다
하늘에 떠 있는 먹구름 속에
내 안의 눈물이 뭉쳐 있는 것 같다
흔들흔들
힘차게 흔들어보자
그냥 모든 것 내려놓고
동심의 세계로 가자
흔들흔들

그러지 말자 / 김난영

황령산 자락을 산행하다 보면
주인도 없는 밤나무 몇 그루가 있다

주인도 없는데도 무엇이 그리 급한지
익기도 전에 따버린다

욕심내지 않아도 때가 되면
쩍 벌어져 떨어질 알밤일 텐데

말로만 자연이 좋은 것인가
신선한 공기 마시러 올라왔으면
눈과 가슴으로 느끼면서
자연에 감사해야지

소소한 이기심으로
가을의 동화를 만끽하기도 전에
먹물을 끼얹듯
꺾여진 밤나무 가지가 애처롭다

이 좋은 가을날
먹구름 잔뜩 낀 하늘이 화났다.

행복이 따로 있나 / 김난영

아, 얼마 만인가
"미탁"은 지나갔고 자연은 날 반긴다

지저귀는 새소리가 청량하고
수없이 거닐던 정겨운 산길의 안녕에
감사할 뿐이다

피톤치드도 메뚜기도 사뿐거리고
꽃들이 반갑다고 한들거린다

민생고 해결이라는 난제에
잠시 멀리했던 산행
늘 가슴엔 2% 부족한 듯했는데
산행할 수 있다는 것에
괜스레 뿌듯해진다

황령산아 내가 왔다!

자연과 벗 삼는 것에
미치지 않았으면 그건 행복이다.

시인
김 양 해

★ 목차

- 강원도 인제군 남면 출생
- 현)경기도 포천시 거주
- 2019년 대한문학세계 시 부문 등단
- 6월의 신인문학상 수상
- (사)창작문학예술인협의회 회원
- 대한문인협회 경기지회 정회원
- 현) "가슴 울리는 문학" 회원

비가 와서 좋은 날 / 김양해

구름보다 높은 세상이 있을까

햇볕 뜨거운 날에도
차마 아프던 기억들이
하얗게 씻겨가는 하루처럼
그렇게 비가 내린다

쉼 없는 물방울의 도발이 시작되고

세상을 씻어내는 건지
울적한 마음마저 씻어가는 건지
그렇게 비는 내리고 있다

왠지,
비가 멈출 때쯤엔 웃어도 될 것만 같다.

구름 / 김양해

백지처럼 텅 빈 하늘에
하얗게 피어나
손에 잡힐 듯 아련한 추억으로 머물러
하루를 묻고 세상을 담아내다

바람에 흔들리고
엉키어 부딪치며 떠밀려가는 순간들
이내 검게 늙어버린 날에
서러움을 참지 못하여 눈물을 쏟아낸다

흩어져 버린 텅 빈 하늘에
서럽게 쏟아내었던 눈물이 마를 무렵
잡을 수 없는 헛된 꿈처럼
다시금 하얗게 피어나 검게 물들겠지.

양치는 소년 / 김양해

늑대가 나타났다!

혼자라서
견딜 수 없는 외로움이
실바람에 이리저리 흔들리는 풀잎처럼
요염한 몸짓으로
푸르른 언덕을 내달리고

목마름에
울음 울다 놓쳐버린 수많은 시간 속에
금세라도 파란 물감을 내뿜으며
터질 것 같은 새파란 하늘에서
하얗게 쏟아지는 그리움

늑대라도 나타난다면
한없이 고독했던 기다림의 끝에서
이브를 유혹하듯
부드러운 혀의 끝으로
달콤하게 속삭이겠지.

시인
김영주

★ 목차

- 아호 : 인연
- 대한문학세계 시 부문 등단
- (사)창작문학예술인협의회 회원
- 대한문인협회 경기지회 정회원
- 다향 정원 문학협회 정회원
- 문학고을 정회원
- 월간문예 (사)문학애 정회원
- 詩가 있는 아침 회원
- 문학 어울림 회원
- 시를 꿈꾸다 : 비긴즈 회원
- 시 쓰기, 마음 바라기 회원
- 시와 달빛 회원
- 가슴 울리는 문학 회원

가을 꽃비 / 김영주

제 한 몸 태우며

태양 빛에 당당했던 붓꽃

하얗게 웃는 설렘에

내 안에 키웠던 사랑

그 꽃도 가을바람에 휘둘려

소중히 간직했던

백화의 열정 떨어지는 가을

소녀의 순백처럼 달콤했던 향기

나는 세찬 바람에 안겨

가을 꽃비

그 소녀를 만나본다.

재스민 너 / 김영주

바다에 발 담그고
물장난치는 하얀 구름의 표정
너의 볼우물 닮은 거 있지
떨어지는 미소
포말과 뒤엉켜
캉캉 추는 모습
네가 자주 연출하던 애교야
잊을 수 없는 눈웃음에 빠져
하얗게 변하는 나를
일편단심 그 향수로 안아 주는
재스민 너
사랑해

시절의 주머니 / 김영주

무정세월 보듬고
빛으로 승화된 달을 노크하는
꽃이 되고 싶었기에
마른 눈물로 늘어진 잎새 적시고
훌쩍이는 고독으로
홀씨주머니 채우듯
달이 주는 빛은
날 위로하는 인연이 되어
함께 보냈던 밤 이야기
그 향기로 열린 꽃잎은
들풀의 외로운 틈새에
촉촉한 믿음을 주웠듯
지금, 이 순간 농익는 가을은
또 다른 영역
미지의 꿈 채워진 주머니에서
꺼내 보는 사랑과 꿈
꼬깃꼬깃해진 네 모습과 동행하며
웃던 그 날이 행복이었듯
널 기다리는 잎새가 되고 싶다.

시인
김 유 진

- 시호 : 가란
- 현) 부산광역시 기장 거주
- 2018년 대한문학세계 시 부문 등단
- (사)창작문학예술인협의회 회원
- 대한문인협회 부산지회 정회원
- 2019. 8 향토 문학상 동상 수상
- 현) "가슴 울리는 문학" 회원

아버지 / 김유진

레테의 강은 까마득한데
시간을 거슬러 기억 속에 머뭅니다

언제나 올연하던 당신
꿈결에 단 한 번 볼 수 없었지만
그 꾹 다문 입술은 실랑이한 적도
거친 언어 쏟으신 적 없던 어진 분

불혹의 문턱에 술을 배워
깊은 침묵으로 삭이던 삶의 무게와
말 못 할 사연마저 술잔에 담았을
당신 생각에 가슴 멥니다

삶의 모퉁이에서 그렁그렁 차오를 때
당신의 그 술잔을 떠올립니다

지천명이 훌쩍 넘긴 철없는 딸은
당신이 그리 가셨는데도
늘 그 그늘에 이슬 맺힙니다

그땐,
당신만의 묵직한 사랑이란 걸
이젠 알아요. 아버지!

사랑하는 아버지 그립습니다.

별바라기 / 김유진

처음엔 그랬어!
까만 하늘에 걸려 있는
수많은 별 중의 하나였어

요요한 달빛이 유난스럽던 날
은하수 푸른 강을 따라오다
사랑의 홀씨에 딱, 멈춘 거야

기어이 꽃으로 피고만 게지

그렇게 피고 지기를
수 없이 반복하다가도 언젠가는
다시 돌아가 별이 된다면

누군가엔 기쁨이었다가 아픔이었을
그 순간의 추억들이
때론 위로가 될 때도 있을 거야

이 밤도 하늘을 보는 별바라기는
사랑이 듬뿍 담긴 별빛 하나를 찾아
가만히 가슴에 품을 거야

그게, 내 작은 꿈일지라도
누군가의 동공에서만큼은
반짝반짝 빛나는 별이 되고 싶어

거울 / 김유진

그녀가 울고 있다
잠시 화장하던 손을 멈추고
왜 우냐고 묻고 싶었지만
그냥 묻지 않기로 했다

밝은 불빛 아래
낱낱이 드러난 눈가의 주름들
탄력이 늘어지고 까칠해진 피부

순간,
섬광처럼 스치는
삶의 질곡들이 밀려든 게지

함부로 말할 수 없는 묻어둔 비밀
그녀 가슴만 아는 이야기
우라지게 우라지게
감당하기 힘들었던 삶에도

조그만 얼굴 속에 감출 수 없는
버젓한 진실을 마주했으니
연민이 깊숙하게 올라온 게지.

시인
김 재 덕

목차

- 시호 : 운중
- 전남 신안군 지도읍 출생
- 호텔 경영학과 전공
- (현)부산 거주
- 2017. 대한문학세계 시 부문 등단
- (사)창작문학예술인협의회 회원
- 대한문인협회 부산지회 정회원
- (사)한양문인협회 정회원
- 현) "가슴 울리는 문학" 대표
- 대한창작문예대학 제8기 졸업
- 2018년 문예창작 지도자 자격 취득

〈수상〉

2018. 09. 대한문인협회 주관 부산 향토글짓기 경연대회 은상
2018. 12. 한국문학 발전상 수상
2019. 05. 도전한국인 문화예술 지도자 대상
2019. 06. 대한문인협회 주관 전국 짧은 글짓기 대회 동상

단풍처럼 / 김재덕

고요한 어둠 속에
내 마음이 별빛처럼 반짝이는 건
그댈 향한 애틋함이 흐르기 때문이야

흐르는 마음을 가슴에 쌓으려니
밤고구마에 목메듯 답답하기 그지없고
태연한 척하자니 은근히 설뚱하다

아서라, 잠 못 이룬다고
곳간 들락날락한 생쥐가 멈칫하겠냐
먹이사슬에 부엉이가 어룽어룽하겠냐마는

깊어진 가을밤 보슬비 내린다
어쩜 배고픈 아가야 배부를 갈망처럼
저 비도 제 아픈 사랑일 거야

내 그리움 태울 때까지..

가로등 불빛에 엔진을 달아
단풍 같은 그대에게 스밀 수만 있다면
아린 빗물 삼킬지라도 머물고 싶다.

중년 / 김재덕

그땐 그랬었다
언제나 풀잎에 맺힌 이슬처럼
영롱하게 빛날 줄

패기 넘친 기백 풋풋한 초록으로
내일의 오늘에 우뚝 서
젊음을 불태울 줄 거칠 것 없는 삶
행복한 미소 머물던 날들

문득
세월의 강을 건너 메말라버린 나를 본다

그땐 몰랐었다
깊어지는 계곡물에 젖은 솜 뭉치는
무거운 걸음에 실려 잡지 못한 시간에
질정 없이 이끌린다는 것을

먹어가는 숫자에 꺾여버린 인생
패기도 희망도 저만치서 비웃고
삼키는 설움이 등 떠미는
가파른 중년의 고갯길

예쁘게 물들어가는 단풍처럼
아름다운 삶이기를
유난히 붉은 노을이 섧다.

광안리에 가면 / 김재덕

광안리에는 詩가 흐른다
모래알을 깨우고 파도를 불러들여
밀어의 말풍선을 띄운다

그 풍선에서 노닐던
잡힐 듯 말듯 알쏭달쏭한 감성들이
윤슬의 썰매를 타고 파도의 그네를 탄다

구릿빛 나는 청춘남녀들
밤새워 태운 불나방의 열정도
새벽이면 해무를 뚫은 갈매기가 낚아챈다

한때는 그랬지
저 먼 수평선에서 잊었던 꿈을 찾으며
가슴 시원한 파도에 후회를 묻었었지

이젠, 그마저 詩가 된다
모래알이 서걱거리는 비음도
발등을 살포시 덮는 물결의 감촉도
하얗게 사르던 사랑이

인생 기억할 수 있을 때
삶을 잃어 아픈 가슴을 달래는
광안대교 조명처럼 그 마음 훔치련다.

캘리그래피 작가
김 종 기

목차

- 아호 : 도운
- 전) 스카이에듀 원장
- 전) 비타에듀학원 원장
- 현) 교육 출판 나는 나다 대표
- 현) 캘리 작가로 활동 중
- 현) 가슴 울리는 문학 회원

대나무 숲 / 김종기

나무도 아닌 것이
풀도 아닌 것이
곁눈질하지도 않고
기세가 하늘을 찌른다

절개는 비할 데 없고
충절은 선비를 닮아
위로만 보고 사는가 보다

그 절개 그 충절
모여, 모여 숲을 이루니
한 세상 더없는 평온함이라

소록도 / 김종기

물 위에 떠도는 한
대지 위에 맴돌던
인생의 한이 응어리져 머무는 곳

천만년 긴 세월 속
가슴앓이로 저며온 고통
초췌한 열망을 키워
비애에 찬 생의 심연을 안았다

성모마리아 성스러운 미소에 꿇어앉은
한 가련한 여인네 울부짖음이
적막을 깨고 들릴 때
물먹은 모래들이 숨죽여 울고
둥지 속 물새도 흐느껴 운다

흐르는 세월 속에
꿈이 가고 사랑이 가고
젊음의 나이가 휩싸인다

지난날 파도에 넘실대며
다가오던 찬란한 광명
지금은 어디론가 사라지고
무심한 바위는 침묵으로
먹빛 갈매기 아픔을 통곡하며 부딪는다

가을에 / 김종기

한낮에 갈매기 힘찬 비상이
가을빛 바다의 푸르름으로
선명히 떠오를 때
파도는 말없이 바닷가 바위에
힘찬 악수를 한다

저 남녘의 쪽빛 하늘이
물빛 그리움으로 다가오고
고즈넉한 부두엔 비릿한 생선 냄새
추억 속 바닷가 갯내음으로
계절을 부르고 있다

회색빛 서산 위 붉은 노을
산빛 붉게 타오르고
내 그리움 더욱더 깊어가니
가을이 오는 해 질 녘
내 외로움은 낯선 바닷가에 앉아있다

포옹하려는 바위의 묵언과
내 상념의 그림자는 또다시
가을 녘 지는 노을 위
먹빛 갈매기의 외로움으로
또 한 번의 계절을 맞이하고 있다

시인 김진주

★ 목차

- 아호 : 휘경
- 2019년 대한문학세계 시 부문 등단
- 대한문인협회 서울지회 정회원
- 대한문인협회 좋은 시 선정
- "가슴 울리는 문학" 회원
- 공감문학 정회원
- 현대시선 회원
- 푸른문단 정회원
- 인향문단 정회원 계간지 2,3,4(공저)
- 공감문학 공모전 신인상 수상
- 여름호(공저) 작가로 활동 중
- 2018년 가입 현재 시 부문 작가로 활동 중
- 공화문 사랑방 시낭송 작가회 정회원, 월간지에 시 다수 수록
- 시성 한하운 문학 낭송 작가회 정회원, 월간잡지 시 다수 수록

빈 의자 그리고 별 / 김진주

어둠 내린 검은 창에
별빛만이 무수히 내려와
고요한 밤하늘을 별빛으로 물들이니
초롱초롱 빛나는 눈동자 하나가
먼 하늘만 응시한다

어느새
외로움은 의자 속으로 스며들어
하얀 밤을 지새운다

생각은 강물 흐르듯
은하수 사이로 유유히 흐르고
유난히 빛나는 물병자리, 물고기자리

낯선 하늘 끝자리 한 곳에
빛을 내리고 그리운 사연 하나
묻지 않아도 알 수 있는 하얀 미소
아픈 사연의 파란 샛별

얼마나 그리우면 별이 되었을까
파랗게 하얗게 존재를 표출하지만
해 뜨면 사라질 처연한 별
의자는 또다시 덩그러니!

붉은 노을 눈물 되어 / 김진주

붉은 노을,

당신이 그리워서 울다가 지친 상흔
실랑이며 설깃에 드는 바람
행여 당신일까 품어봅니다

반가워서 울컥거리는 마음
누가 볼까 봐 소리조차 낼 수 없어
명치끝에 담아 두었더니
억장을 켜켜이 끼워놓은 듯
사무치는 그리움을 삼킬 수도
토해낼 수도 없습니다

부족한 성정은
남겨진 쓰라림으로 눈물겹고
핏빛 노을 꽃이 지고 나면
은하수 바다에서 뚝뚝 떨어지겠지요

은빛 진주는 하나둘 기약 없는
그리움의 바다로 흩어져
흔적 없이 사라지고 말겠지요!

참새야 가을에는 날아라 / 김진주

아가는 철이 없어
그땐 몰라 허수아비 없는
숲속의 순회 만물의 윤회를
그저 바라볼 뿐

세월만 흘려보낸 아가야
청춘의 외로운 정원에서
혼자 울다가 시간을 업었네

짹짹 울다 지쳐 쉰 소리 잭~ 잭~
날개가 있으나 미숙해 날지 못하고
다리가 있으나 걷지 못하는 참새 아가야

피할 수 없으면 부딪쳐라!

눈물겨운 억겁은 삭풍도 비켜 갈
고매한 허수아비 같은 것

참새 아가야 울지 마라!
울지 말고 한숨 쉬었다가
이 가을에는 날아오르렴

아가야, 아가야
훨훨 날아가려무나!

시인
도 분 순

목차

- 아호 : 송향
- 1966년 경북 군위군 효령 출생
- 현) 경북 봉화군 춘양 거주
- 2017년 11월 대한문학세계 시 부문 등단
- (사)창작문학예술인협의회 회원
- 대한문인협회 대구경북지회 정회원
- 한국문인협회 봉화지부 정회원
- 영주문예대학 11기 졸업
- 영주시 시 낭송가로 활동 중
- 2018년 10월 대한문인협회 주관 대구경북지회 향토글짓기 경연대회 동상

〈공저〉
- 2018년 영주문예대7집 동인지
- 2018년 문학 어울림 동인지2
- 2018년 한국문학 제 23집
- 2018년 설죽을 기리다
- 2019년 한국낭송문학 문예지
- 2019년 어여쁘다 산수유야
- 2019년 영주문예대8집 동인지
- 2019년 설죽을 기리다

가을 추수 앞에서 / 도분순

추고마비 풍년의 흐름이 물씬한 들녘
붉고 노란 알곡들의 함빡 웃음소리가
행복하게 들리거나 보이지 않는다

튼실하게 자란 몸값이 왜 이럴꼬
"힘들다 힘들어" 농부의 한숨 소리에
벌겋게 익은 고추가 약 올랐는지
매섭게도 톡 쏜다

"어휴! 고추는 좋은데 금이 없다고
안 딸 수도 없고 노임만 아작났네"
할배의 깊은 푸념에 흙먼지가 날린다

땀 흘린 노고와 보람은 어데 가고
농민들 수심은 깊어만 가는데
그 값 없다는 채소, 과일을 맛보려는
소비자의 지갑도 얇아진다

가을이면,
농민과 소비자가 힘겨울 수 있겠지만
생산자 주머니와 소비자의 오감이
모두 행복했으면 좋겠다.

좋은 향기는 행복하다 / 도분순

당신으로부터
향긋한 속삭임이 들려옵니다

단풍과 오곡백과가 주렁주렁
붉은 얼굴로 익어가는 가을
당신 나체가 꿈틀거려 몽롱하고
몸에 짜릿한 스파크를 튀게 합니다

이 가을날 솔향이 짙어질 때
바스락거리는 당신 물체에
가을이 행복한 나는
독특한 향기에 한 번 더 행복하여
마음껏 설레어봅니다

당신의 맛과 향내가
내 혀끝에 있기에
이 가을이 더욱 행복합니다.

기억을 기록하다 / 도분순

왜 이리 잡은 손이 시리고 저리답니까
다시 올 때까지 기다리겠다, 해놓고
그걸 붙잡지 못해 생을 놓으셨나요

따뜻한 온기는 온데간데없고
싸늘하게 식어버린 당신 얼굴에
이제야 눈 맞춰 목놓아 울어봅니다

심장은 멎어버릴 것 같지만
열린 청각 앞에 불효의 기억밖에 없어
혈관이 파열될듯합니다

몇 겹의 수의를 입고 고요한 당신은
한 줌의 재가되어 항아리에서
시공간을 초월하여 저승으로 갑니다

아직, 내 심장이 오열하여
당신을 놓아줄 수 없기에
손안에 남은 온기로 붙잡아봅니다만,

잊을 수도 지울 수도 없는
따뜻한 한 줌의 재로 변한 당신을
나는 영원한 기억 속으로 보듬습니다.

시인
도 현 영

★ 목차

- 시호 : 매향
- 경상북도 군위군 효령 출생
- 현) 대구 거주
- 현) "가슴 울리는 문학" 총무
- 2017년 대한문학세계 시 부문 등단
- (사)창작문학예술인협의회 회원
- 대한문인협회 대구경북지회 정회원

〈공저〉
- 문학 어울림 동인지 시집
- 푸른 문학
- 문학 고을
- 다향 정원 문학
- 시학과 시 문학

〈수상〉
- 2016.12.09 제36회 대통령기 국민독서경진 편지글 부문 장려상
- 2018. 04. 2주 대한문인협회 주관 좋은 시 선정
- 2019.01.28 대한문인협회 주관 금주의 시 선정
- 2010년 대구 서부 경찰서장상
- 2011년 새마을문고 대구 서구지부회장상
- 2011년 대구광역시 서구청장상
- 2017년 웃음코칭 자격증 취득

가을은 알고 있다 / 도현영

가을은 알고 있다
만인들 가슴이 왜 꿈틀대는지

각박한 인생살이
사연 보따리와 쓸쓸한 마음 풀라고
선선한 바람으로 응원해준다

갈대는 말한다
외로운 가슴에 은빛 사랑 다져 줄
시퍼런 하늘과 허허벌판에 머물던
황량함을 깨우치라고

그런데도 낙엽 바스락거리기 전
설레발 치듯 그리움 끄집는 사람들
사랑에 굶주린 하소연이다

순리대로 살아가다
붉게 물들이면 또 스러질 사랑이란 걸
가을은 그것을 알아버린 거다

이 가을이 다 가기 전
불 지피듯 태울 사랑이라면
이왕이면 단풍처럼 실컷 태우거라

옆구리 시려 울기 전에.

가을을 걷는다 / 도현영

잿빛 하늘에 갈바람 불어대니
당신과 걸었던 추억의 길이 생각납니다

손잡고 한 발짝 걸을 때마다
코끝을 간지럽히던 달곰한 가을 향기
지금도 잊을 수가 없습니다

붙잡을 수 없는 시간과 기억을
자꾸 뒤돌아보게 하는
아쉬운 마음들이 얄밉습니다

이젠,
아름다운 황혼을 그리던 그 길을
당신과 함께 걷고 싶습니다

나의 소망이 하늘에 닿았는지
빨갛게 물들이려는 잎새가 부산 떨지만
먼저 노란 은행잎에 추억을 새겨
책갈피에 넣으려 합니다

곧, 설렌 마음 이뤄지겠다.

사랑이 머무는 황혼 / 도현영

장미꽃이 아름다울지언정
가시가 찌르듯 아픔을 준다면
원망이 잉태하여 그 사랑은
믿음과 신뢰가 깨지고 말 것이다

아무리 사랑하고픈 흑장미라도
마녀처럼 독살스럽다면
가슴을 콕콕 찌르는 가시를 뽑아
미련 없이 불태워야 한다

살다 보니 그렇더라
사람들에게 눈길 한번 받지 못한
못생긴 호박꽃 같은 인생이다가도

처음엔 사랑받지 못하겠지만
그 누가 뭐라 한들 누렇게 익어가며
깊은 맛을 내는 이로운 호박이 되어
대접받고 사는 경우도 있다

비록, 잘난 것도 없지마는
내 인생 그렇게 익어가고 싶다.

시인, 시낭송가
박 남 숙

- 아호 : 홍연
- 대한문학세계 시 부문 등단
- 대한문인협회 대구경북지회 정회원
- 대한시낭송협회 정회원
- 대한창작문예대학 9기 졸업
- 문예창작 지도자 자격증 취득
- 2019년 대한문인협회 주관
  짧은 글짓기 은상 수상 및 순우리말 은상 수상 등등
- 현) "가슴 울리는 문학" 회원

여름이 흔들린다 / 박남숙

붉은 향기 그윽하게
임 그리움에 햇살 등에 꽂고
종달새 둥지 튼 돌담을 탐하는 능소화

마당 가득 풀어놓은
유월의 푸르름과 수국의 보랏빛은
가슴 깊이 숨은 당신이라 믿어본다

가난을 끌어안고 기왓장 넘어
장독대의 울부짖음을 알지 못했던
유년의 내 모습은 하늘에 뿌려놓은 백일홍 같다

에움길 돌아 배웅하는 바람결같이
흔들려 피는 뙤약볕의 망초꽃같이
나도 덩달아 꽃같이 피는 행복을 수 놓는다

아주 가끔은
한 떨기 코스모스처럼
흔들리며 피고 싶다.

그리운 것은 사랑이다 / 박남숙

햇살 정겨운 창가에 앉아
손끝으로 전해지는 차 한 잔의 온기
그리움을 섞어서 목젖을 적십니다.

감나무가 울긋불긋해지면
더욱더 보고 싶은 당신
온 마당에 홍시가 익어갈 때쯤엔
눈시울을 붉히게 됩니다.

감말랭이 붉게 평상에 펼쳐 놓고
"얘야 한번 뒤집어 주어라"
하시던 그리운 어머니가
늘 내 곁에서 속삭여 오는 듯합니다.

만날 수는 없지만 내 가슴 속에
늘 함께하시는 당신은
오늘은 두 분 가을 나들이 가셨는지

그리움이 달빛에 걸리는 이런 날은
보고 싶어집니다.

새벽을 열고 온 가을 / 박남숙

사립문을 넘나들던 까만 밤이
꿈속에서 떠밀려 설익은
안개빛 새벽을 동행하고
순수의 미소로 햇살을 풀어 놓는다

까칠한 입속에서
똬리 튼 어제의 상념들이
한잔의 커피잔에 녹아내리고
오늘이라는 하루를 건네준다

산책길에서 만나는 사람들의
무표정은 호반의 잔잔한 물결 위에
한 마리 잠자리 뭉게구름 되고
윤슬에 빛나는 가을이 깊어만 간다

조금씩 열리는 마음 문처럼
가을로 가는 길 어느 자리에
벤치에 있을 당신을 만나기 위해
붉은 홍엽 한 잎 가슴에 물들이고 있다.

시인, 시조, 수필 작가
박 성 수

- 아호 : 녹산
- (현) 통영 거주
- 시인, 아동문학, 시조 시인, 수필가
- 대한문학세계 시 부문 등단
- (현)대한민국 종합문예 유성 울산,경남지회장
- (현) "가슴 울리는 문학" 자문위원
- 부산시 청소년 창작문학 지도자 대상 수상
- 제9회 역동 시조 문학상 수상
- 제2회 윤동주 시인 101주년 기념 제전, 백일장 문학 우수상 수상
- 대한민국 도전문화예술 지도자 대상 수상
- (주)KC MUSIC 제 1회 제주도 응모전 작사 부분 최우수상 수상
- 열린 동해문학연합회 문학 작가상 은상 수상 그외 다수

통영, 고등어와 전어의 유랑 / 박성수

하늘에 떠 있는 하얀 손수건
마르지 못한 이마의 땀을 닦으며
푸른 물감 푹푹 찍어
넓은 항아리에 뿌려 담는다

지느러미 눕힌 등 푸른 고등어가
바다 깊이 곤히 잠든 수평선을
깨우지 못하고 나란히 떼를 지어
통영, 앞바다로 향하여 헤엄을 친다

흥겨운 휘파람 소리는
달빛에 통구미를 타고
주적주적 노 젓던 전어의 아우성

"통영 중앙시장"
젖은 길바닥을 머리에 이고
육지로 걸어갔던 빨간 고무대야는
널브러지게 시간을 보낸다

꼬리에 있는 힘을 다하여 파닥이며
자랑스럽게 은비늘 날린다.

갈 길 / 박성수

산허리 하얗게 휘감는
바람의 분탕질에 흔들리던
길가의 키 작은 개망초

뭇 행인들에게
아름다움을 선사하기 위하여
비틀거리는 격랑을 견디면서도
소리 없이 조용히 피어 간다.

제각기 갈 길이 다른 우리네 인생
주어진 길을 찾아서
묵묵히 목적지를 향하고

매서운 칼바람 부는 밤이 와도
흘러내리지 못한 눈물을 삼키면서
조용히 조용히 달릴 뿐이다.

그리움 7 / 박성수

오늘은 비가 내리고
내 마음 갈피를 못 잡게
그냥, 가슴이 울고 있다

어제 거닐던 그 길에 비가 내리면
하늘 바라보며 너를 맞이하듯
비를 맞으련다.

그리움에 무작정 불러보고
아무리 찾아봐도 메아리만 남는
아련한 얼굴이여!

너, 그리워!
비가 오는 오늘은
더욱더 비처럼 흘러내린다.

시인
박 정 수

목차

- 아호 : 비랑
- 1965년 전남 순천 출생
- 현) 순천 거주
- 2019년 대한문학세계 시 부문 등단
- 대한문인협회 광주전남지회 정회원
- 현)가슴 울리는 문학 임원

거미와 나방 / 박정수

어둠의 길을 안내하는 가로등 아래
씨줄 날줄 덫을 놓고 먹이 사냥하는
거미와 나방의 날갯짓을 바라보며
애타는 마음으로 지켜보는 내가 있다

고운 날개 활짝 펴고
좋은 세상 함께할 날 더 많은데
덫에 걸려 헤어나지 못하는 안타까움
나방의 동선을 좇아 허공을 헤맨다

거미줄에 진홍의 선혈이 낭자해지는 나방
삶의 끈 놓지 않고 날개 포롱포롱거리다가
계곡에서 흐르는 물이 형체를 잃어갈 때쯤
아픈 가슴 접어 오랜 잠에 빠져든다

약육강식의 법칙 자연의 이치여도
나방을 보는 내 마음이 이토록 허무한데
넋 놓고 가는 나방의 마음이야
어찌 알겠냐만 되돌릴 수 없는 시간에
마음이 사위어만 간다

흘러가는 구름이 피아골에 머물러도
내일이면 또 다른 피아골 보는 것은
천년이 흘러도 변함이 없을진대
야생화 펜션에서 본 달이 내 마음 적신다.

비 오는 들녘에서 / 박정수

물안개 피어오른 이른 아침
하늘에 가득한 먹구름이 중력에 밀려나
대지로, 대지로 비를 내려
이슬 먹은 풀잎 위에 살며시 젖어 들면
먹이를 찾아 떠도는 새들의 유랑이
경계선 없는 들녘에 자유의 향연을 펼치며
쉴 곳을 찾아 운무 낀 숲으로 향하면
촉촉이 젖은 들녘을 스치는 바람은
고개 숙인 이삭들의 숨소리를 모아
퍼즐을 맞추지 못해 방황하는 마음 한편에
그리움으로 밀려와 텅 빈 곳을 채운다
조각조각 허공을 맴돌던 지난 일들이
구름에 스며 빗방울로 떨어지는 아침,
들녘을 떠돌며 돌아오지 않는 마음 하나가
소슬바람에 옛 추억의 퍼즐을 맞추고 있으면
황금으로 가득 찬 들녘은 함박웃음에 고개를
숙이고 바람에 나부낀다.

민속촌에서 / 박정수

허공에 머무르던 바람이
별을 세는 나에게로 다가오면
머릿속을 스쳐 지나는 아련한 상념들이
가로수 우듬지에 걸려 갈 길을 잃는다

초가집의 알싸한 향이 가슴으로 밀려오고
임 찾는 귀뚜라미의 구슬픈 가락은
밤하늘 빗장 풀어 은가비 되어 찾아오니
어줍던 지난 세월이 왜 이리도 아쉬운지

겹겹이 쌓인 산중에 어둠을 밝히는 불빛이
실개천을 타고 들녘으로 향하면
고개 숙인 벼들의 흐릿한 몸놀림은
공허한 마음의 사선을 넘어 자유를 찾아 떠난다

이름 모를 야생화의 향기가
대지에 젖은 풀 냄새에 스며들어
고목의 철갑옷을 뚫고 속살에 향기를 전하면
숙연해진 미음은 세월의 허물을 벗는다.

시인
서경식

목차

- 아호 : 해송
- 1958년생 전남 화순 출생
- 현) 인천 거주
- 현) 지역 주민을 위해 봉사활동 중
- 현) "가슴 울리는 문학" 회원
- 2019년 문학愛 등단 신인상 수상
- 문학애 통권15호 시 수록 및 명인 명시 시 수록

배곧 신도시 가는 길 / 서경식

아침부터 부지런한 할아비는
새로 이사 간 집들이에 갈 준비에
마음이 둥둥 떠 있다

나의 애마에 올라타자마자
액셀러레이터에 불꽃을 당겨본다

소래포구가 가까이 보이고
성질 급한 갈매기들은 먹이 사냥에
마냥 신이 나 있다

월곶포구가 보이는 곳에
배곧 신도시가 한창 건설 중이며
시원스레 잘 포장된 해송 십 리 길
속도제한에 신경이 마냥 쓰인다

고층 아파트가 즐비하게 늘어서 있고
잘 꾸며진 어린이 놀이터는
아이들의 마음을 홀려놓았다

나의 후손들이 새로운 보금자리에
자리 잡고 앉아 백년대계를
잘 세우길 고대해본다.

하늘의 잔치 / 서경식

어제는 비 오고 벼락이 치더이다
노하신 하나님 천지를 다스릴 적
까닭 못 오를 변화에 아가는 울더이다

빛이 서리고 무서워하는 인간은
신의 잔치에 초대될 것이지만
그 위력 일으키심이 마땅하오나
우리 아가는 깨우지 마옵소서

어제는 비 오고 큰 북이 울더이다
어머님 부디 안심하소서
죄짓지 않으신 분, 어디 계시며
추호도 나쁜 마음 갖지 마옵소서

어쩌면,
하염없이 내리는 빗줄기로
농가에 행복을 심어줄 것 같은 하나님
오늘도 잔치를 베푸십니다.

꽃과 나비 / 서경식

자유로이 우주 공간을 넘나들며
특유의 향기로 유혹하는 그대를
찾아, 찾아서 유랑 길을 떠나본다

흐르는 세월 속에 변치 않는 마음으로
자신의 속내를 겁내지 않는
나비가 되어 사랑을 전하고 싶구려

진정
그대가 한 송이 꽃이라면
난, 한 마리 나비가 되어 찾아들겠소

그대에게 무한한 애정을 가지고
사랑 詩를 전하고 싶구려

품을 수 있는 사랑이라면
해와 달의 정기를 듬뿍 담아
그대와 나 사랑 꽃을 피워보자 쓰랴

오늘도 생각이 깊은 순수 청년은
기약 없는 세월을 붙잡고
사랑 타령에 목메는구나!

시인
소 순 갑

목차

- 아호 : 풍운
- 대한문학세계 시 부문 등단
- (사)창작문학예술인협의회 회원
- 대한문인협회 경기지회 정회원
- 종합문예 유성 정회원
- 종합문예 유성 경기 남부지회장
- 가슴 울리는 문학 회원
- 문학고을 정회원
- 문학고을 계간지 참여 작가
- 다향정원문학 문예지 참여 작가
- 종합문예 유성 창간호 참여 작가
- 도전 한국인 문화예술지도자 대상 수상
- 도전한국인 인물사전 등재

만추로 가는 시간 / 소순갑

그리움이 익어가는 계절
속절없이 흘러간 시간 속에
다람쥐의 겨우살이가 시작되는가

밤나무며 굴참나무 늘어선
산비탈에 가을이 익어
투 툭 거리며 떨어지는
밤이며 도토리의 외침

쏟아지는 햇살 뒤로하고
살랑대는 바람결에
산 너머 사라지는 석양을 바라보며

낙엽 속으로 흔적을 감춘 먹이 찾아
오늘도 힘차게 달리는
다람쥐의 입안에서
밤 한 톨 살살 녹는다.

하늘바라기 / 소순갑

하얗고 검은 구름이 몰려온다

생김새도 제각각 크기도 제각각
손 뻗으면 닿을 듯
입으로 불면 날아갈 듯

까치발을 들고서
두 팔로 슬며시 올려보니
지나가던 바람도
나에게 힘을 보탠다

산마루에 올라
가지 끝에 걸린 구름에
꺼지지 않은 그리움 실어
바람결에 전해보는 시간

구름 사이로 드러난
잿빛 하늘과 푸른 하늘이
시시각각 변해가는
우리네 삶을

대변하는지도 모르겠다.

우체통 / 소순갑

언제부터인지
그곳엔 당신이 있습니다
빨간 원피스 곱게 차려입고
어떤 사연을 기다리는지요

홍조 띤 얼굴은 흘러간
세월 속에 퇴색해져 가고
즐겁고 그리운 사연

때론, 가슴 아픈 사연을 기다리다
켜켜이 쌓인 세월의 흔적을
고스란히 짊어지고 있네요

비가 오는 날은 피눈물을 흘리며
거친 눈보라 속에선
하얀 원피스를 입고서
수많은 사연을 기다리며

언제나 그 자리에 망부석 되어
아름다운 소식 전해줄
그대를 기다립니다.

시인
손 미 경

목차

- 시호 : 청운
- 2018년 대한문학세계 시 부문 등단
- (사)창작문학예술인협의회 회원
- 대한문인협회 대구경북지회 정회원
- 현) "가슴 울리는 문학" 임원

〈공저〉
- 다향 문학
- 푸른 문학

가을을 만난다 / 손미경

땡볕이 한풀 꺾이려나
선선한 바람으로 찾아온 가을
빗물처럼 흘려보낸 세월 속 내 인생
자아를 찾아 여행을 떠나련다

시리도록 푸른 하늘에 뭉게구름
은빛 갈대가 바람과 수군거리는 곳에
여행 가방을 메기를 얼마나 원했었나

쉴 새 없이 울리는 소음과
허튼 말소리가 없는 고요한 숲에서
굴곡진 삶의 희로애락마저 잊고서
잔잔한 미소를 머금고

오랜만에 그리운 이들께 편지 쓰며
잊히지 않는 얼굴들을 그리며
사색을 갖는다는 건 꿈은 아니겠지

퇴색해져 가는 갈대는
꿈도 야망도 잃어버린 영혼처럼
한 줄기 바람 따라 가을을 노래 부른다

가슴 시원하게.

회상 / 손미경

소슬바람에 휘날리는 단풍잎
바스락거리는 소리에
눈물이 볼을 타고 추억을 질러댑니다

그대와 거닐며 행복했던 시간 만큼
회색빛 슬픔이 밀려와
옆구리 시린 사랑이 날 울립니다

그대를 향한 그리움은 더해가고
당신과 걸었던 이곳은 변한 것이 없는데
기억 속의 그림자만 자꾸 떠오릅니다

또 이 가을이 퇴색하여
바람에 휘날려 모퉁이 쌓인 낙엽을
지르밟아 보렵니다

비록
그대의 빈 그림자일지라도
함께하면 외롭지 않을 겁니다

지나간 추억이 날 슬프게 하여도
이 목숨 다하는 날까지
그대를 그리워하렵니다.

잃어버린 사랑 / 손미경

팔십 고개 언저리에서
그만 떠나버리신 아버님 때문에
당신의 세월을 눈물로 채우시며
짚불에 탄 듯한 새카만 심장은
또 얼마나 아프셨을까
그 애타는 가슴 부여잡던 어머니는
늘 회색빛 하늘만 쳐다보셨다
그러던 찰나,
금이야 옥이야 키운 사랑이 부족했나
어미 없인 못 산다던 아들은
느닷없이 소풍을 가버린 후
떠나간 아들을 목이 터지라 불러도
대답이 없다고 글썽이던 그때마다
하늘도 슬펐는지 눈물을 흘리더라
모정은 눈과 귀가 닫히도록 슬퍼해도
오지 않는 아들을 날마다 찾으시는
어머니의 기억은
십삼 년 전에 멈춰버렸다.

시인, 수필 작가
신 승 호

목차

- 현) POSCO 재직 중
- 현) "가슴 울리는 문학" 임원
- 한맥문학 등단(시 부문) 2017년
- 서울문학 등단(수필 부문) 2018년
- 한국문인협회 회원
- 샘터문인협회 회원
- 한맥 문인협회 회원
- 한맥 문학 동인회 회원
- 한양 문학 회원
- 서울문학 정회원

〈저서〉
- 늦바람 앞에서 (시집1)
- 그리운걸 어쩌랴 (시집2)
- 사랑, 그 이름으로 아름다웠다

〈공저〉
- 청록빛 사랑 속으로
- 아리아 자작나무숲시가 흐르다
- 한양문학 계간지 통권4.5호
- 시어를 품은 글벗들 등 다수

과꽃 / 신승호

울 밑에 심어 가을볕 좋아하시던
붉게 태운 아름다운 당신 꽃 참 곱다

외로움 짙게 밴 줄 그땐 몰랐지

왠지, 쓸쓸하게 보인 뒷모습
당신 닮은 과꽃에 핀
그리움 두고 떠난 그대 사랑

가슴이 시린 눈시울이
어제 같은 세월은 구름 같고
떠돌아 그리운 정 꽃 같은 당신

마음이 닮아 가네요
더듬어 본 손길에
당신 살결에 남겨진 아련한 정

그 사랑 얻고픈 마음
뜨락에 머문 사랑아

꽃무릇 / 신승호

쪽빛 도화지에
흐린 시야 얼굴을 그릴 수 없어
뭉게뭉게 그렸지

오직 너만을 위한
우아한 붉은 꽃을 피우기 위해
푸른 청춘을 다 써 버린 삶

마주 볼 수 없는 그 사랑 너는 알까

한 몸일진대 다른 삶을 살아온
절절한 그리움을 붉게 태운
속 눈썹 드리워 휘어진 꽃

임은 찾는 그 사랑을 너도 알까

뜬구름 같은 사랑이 외로워
떠나고 싶은 마음이
그댈 찾아서라는 걸

이슬 맺힌 눈가에 가을이 묻는다
산다는 게 그런 거냐고?

그대 머물던 자리 / 신승호

갈 바람에 마음이 춤추고
사그락거리는 속삭임
갈대꽃 반짝이는 햇살의 유혹

갈참나무 잎 파도에 다람쥐
식사가 배달되고 윤기 나는
알알이 투덕투덕 삶의 이야기

사랑방 묵 채 넘기는 소리가 도란거리면
어제 같은 바람은
논두렁 사잇길로 숨어들고

사그라진 온기를 더듬는
고추잠자리 붉은 춤사위에
상큼한 만리향 바람에 실리면

들녘에 고독을 좇는 나그네
옛사랑 흔적에 머물던 그 자리
코스모스가 하늘거립니다

가을을 걷는 바람이
밤을 하얗게 피우는 날이면
또 그 사랑 그리워질까요?

시인
심 현 철

★ 목차

- 시호 : 下心
- 1963년 부산 출생
- 부산대학교 상과대학 졸
- 등단 : 문학애
- 현) "가슴 울리는 문학" 회원

이혼 재판 / 심현철

가을바람이 창문을 두드리는
소리에 부스스 눈을 뜨니
쪽빛 바다가 하얀 배를 타고 와서
선생님, 콜하셨지요? 한다

오늘은 법원 가는 날입니다
어서 일어나세요, 면도는 꼭 하세요
고객님 지각하면 판사님 화내십니다

맞다! 오늘이었지
여름날과 이혼 신청을 했었지

배를 타고 법원으로 가는 길에는
눈물도 나지 않습니다
백치 아다다가 따로 없네요

바다는 비취색이고
하얀 요트는 구름처럼 상쾌하며
돌고래 떼는 날 위해 노래하는데..

백치 아다다야, 슬프면 슬프다고
기쁘면 기쁘다고 수화라도 하려무나
판사님, 솔로몬의 지혜로 재판해주세요

오늘 법원에 이혼 재판받으러
갑니다
여름과 이별을 가을과 만남을 위해서.

허수아비 / 심현철

가을비가 오려나 봅니다
꽃들이 과일나무들이
열매와 씨앗 만들기 바쁜 것을 보니
벌써 서리에 대비하려나 봅니다

그들은 어찌 그리도 미리 아는지,
제대로 준비해야 내년 봄 여름에
씨앗 뿌려 꽃이 피고 열매 맺겠지요

물론, 부지런한 농부라도 만나면
좀 더 편안하게 겨울을 맞겠지만요

나는 가을 들판에 허수아비일 뿐
뇌세포 있는 나로서 사랑한 이야기를
동화같이 이어가는 것입니다

가을 하늘이, 갈바람이 불어옵니다

참새떼가 황금 논에 아무렇지 않게
내려앉아서 잘 익은 벼를 먹습니다
소리 질러 쫓아버리고 싶네요

가을 하늘은 현기증 나도록 깊어지고
갈바람에 코스모스가 활짝 웃는데
가을비가 오려나 봅니다
참새떼들이 이제 날아가네요.

꽃무릇 / 심현철

중이 된 날 잊지 못하여 찾아왔나요
당신도 비구니가 되려고 왔나요

못 보겠소, 그대의 입술이 녹는 것을
선홍 빛깔 가슴이 짓물러져서
많이 아플 텐데 말도 없이
이리 찾아오면 어쩌나요

석산화여!
중은 부처님만 사랑해야 하는데
무슨 미련을 가지라고요

이룰 수 없는 사랑도 있어요
난 이미 중이 되었어요
당신은 꽃이어요

여기까지가 우리 전생입니다

난 이미 중이니
당신은 꽃으로 여자로 사세요
행복하게, 날 잊어주오.

시인
오 수 경

목차

- 시호 : 벽원
- 광주광역시 거주
- 2018년 대한문학세계 시 부문 등단
- (사)창작문학예술인협의회 회원
- 대한문인협회 광주전남지회 정회원
- 현) 시인이며 초등교사
- 현) "가슴을 울리는 문학" 회원
- 문학 어울림 회원(끝없는 사랑 가곡 작시)
- 텃밭 문학 회원

애증의 그림자 / 오수경

고요하다 못해
적막한 어둠으로 갇힌 밤

막연한 그리움이 여러 상념과 겹치며
결론을 내릴 수 없는 생각들이
꼬리에 꼬리를 물고

애증의 그림자가
희로애락의 안타까움을 에워싸며

지난날의 무조건적인 희생은
결코 사랑이 아니었음을 상기시키고
힘들던 고통을 승화시킨다

마음에 평온이 찾아와
사랑의 그물에 갇히고자 했던
애절한 마음에서 벗어나고 있다.

빛나는 훈장 / 오수경

세월의 뒤안길에서 만난 친구들
값지고 빛나는 훈장을
하나씩 가슴에 새겼다

누구의 훈장인들
아름답지 않은 훈장이 있을까

귀한 아들딸로 자라
아버지 엄마라는 이름으로 살다
어느새 할아버지 할머니가 되어

가슴에 사랑이 새겨진 보석들
기쁨과 행복이 녹아내리고
때론 고통과 슬픔으로 부여잡는다

마음에 깊게 팬 강물이 되어
눈물 없이는 들을 수 없는
애잔함과 그리움의 사연들

세상에서 가장 빛나고
아름다운 훈장은 아닐까?

아름다운 젊은 날 / 오수경

나뭇잎 하나 풀 한 포기도
꿈과 희망의 청초함이 숨 쉬고
아름다운 모든 것에 의미를 부여했다

그 어떠한 것도 두렵지 않았고
푸른 미래를 설계하면서
가슴 뛰던 순간들이 마냥 좋았다

열정 가득한 싱그러운 꽃처럼
피고 지고 또 피고 지던 나날들

곱디고운 무지갯빛으로
어떤 날은 잔잔한 호수에 위안 삼고
또 요동치는 거센 풍랑의 바다였다

그러나 어떠한 것도
청춘한테는 걸림돌이 될 수 없었다.

폭풍의 언덕, 어린 왕자, 데미안, 테스
노인과 바다, 전쟁과 평화, 첫사랑
젊은 베르테르의 슬픔과
로미오와 줄리엣을 논하던 그 시절엔

아름다운 사랑을 꿈꾸었기에.....

시인
유 영 서

- 아호 : 양촌
- 충북 진천 출생
- (현) 인천 거주
- 대한문학세계 시 부문 등단(2018년 5월)
- (사)창작문학예술인협의회 회원
- 대한문인협회 인천지회 정회원
- 현) "가슴 울리는 문학" 회원
- 현) 문학 어울림 회원
- 현) 다향 정원 문학 회원
- 대한문인협회 2018년 9월 1주 금주의 시 선정
- 대한문인협회 2019년 2월 1주, 5월 3주 금주의 좋은 시 선정
- 2019년 5월 대한문인협회 주관
  인천지회 향토문학 글짓기 경연대회 은상 그외 다수

열병 / 유영서

그렇게 불타는 거니
뜨겁게 뜨겁게

뚝뚝 흘려진 저 눈물
선 분홍 피
그 정열 견디지 못하여

뜨거운 몸
가시로 찔러대며
밤새워 울었구나

울지 마라.
울지 마!

나도 네 앞에 서면
뜨거워져
숨조차 쉴 수 없는걸

숲 / 유영서

바람 따라가다가
슬쩍 옆길로 새었더니
숲 우거지고 풀벌레 놀고 있는
숲길에 머문다

누굴까
놀고 있는 애들은
가만히 들여다보니
방아깨비 여치 사마귀 등등

내가 왔는걸
아는지 모르는지
자기네들끼리만 도란도란

그러고 보니 나만 혼자야
아무래도
너희들 정을 좀 빌려서
놀다가 웃다가

어라,
외진 곳 숲속에서
깜빡 잠들어 버렸네!

가을 가네 / 유영서

마파람
뭉게구름 서넛 데리고
산 넘어가고 있네

바지랑대
고추잠자리 까딱까딱
장난질하며
가을을 그리고 있네

집요하게
새 떼들 논밭을 넘나들며
알곡을 털어가고

허수아비
얽매였던 그림자
후련하게 옷 벗어 던지네

쓰르라미 찌르르~ 스르르~
가을을 노래하네

풍요로운 세월
한 움큼씩 움켜쥐고
저만치 가고 있네!

시인 이 명 희

★ 목차

- 시호 : 林陽
- 전남 목포 신안 출생
- 현) 제주도 거주. 사진가로 활동 중
- 대한문학세계 시 부문 등단
- 한맥 문학 신인상 수상
- 대한 문학협회 회원
- 대한문예대학 9기 졸업
- 대한문인협회 제주지회 정회원
- 대한시문학협회 제주지부장
- 현 "가슴 울리는 문학" 회원
- 문학 어울림 동인지 1, 2집 공저
- 텃밭문학회 11호 공저
- 대한시문학협회 시화집 공저
- 대한창작문예대학 제 9기 졸업작품 공저
- 대한창작문예대학 졸업작품 경연대회 장려상 수상
- 제주시 아름다운 사진 부분 수상
- 시화전 : 대전 목련꽃 축제, 제주 문화 쉼터 조성 기획전, 용눈이 오름 사진 다수

바람과 빛 / 이명희

숲속에서 하늘을 보면
조화로운 바람과 빛이 눈부시게
한 줄기 햇살처럼 내린다

자연이 주는 선물이라며
하나님은 천지를 만들어 놓고
경이롭다고 말씀하셨다

하늘의 빛이 자연과 융합할 때
그 아름다운 풍광을
어찌 말로 다 표현하겠는가

눈 감고 입 벌리고 가슴 펴고서
바람을 가슴속으로 관통 시켜
내 모든 불순물 토해내듯이

인생 슬퍼할 필요가 없다

그렇게 주어진 순리대로 살면
그다지 불행하지 않은 삶을
제대로 살았다고 말할 수 있으니까.

가을 여자 / 이명희

때가 되면 알 수 있나니
길눈이 밝아져 아우성치지 않아도
서서히 때가 찾아 돌아오더라

여름이 가고 가을이 오듯
송알송알 맺힌 땀방울 식혀 줄
계절은 다시 찾아오더라

날마다 다르게 새 옷을 갈아입고
가을 준비하기에 바빠진다

강남 제비도 떠날 준비 하는 가을날
숲속에 잠잤던 잎새들의 꿀잠을
귀뚜라미 노랫소리가 깨운다

성급한 가을비는
갈색빛으로 갈아입으라는 옷을 입고
행복한 가을 여자가 되고 싶다.

사랑의 느낌 / 이명희

꽃잎이 봉우리를 터뜨린 것처럼
말하지 않아도 느낌으로
알고 있었습니다

사랑은 설명도 필요 없이
거짓 없는 느낌이 통하면
내 가슴은 고동 소리가 납니다

내 두 손으로
그대 얼굴을 만지고 내 귀로
당신의 심장 소리를 들었습니다

수없이 뛰는 가슴
홍수처럼 밀려오는 울렁증
그 어떤 표현으로 말할 수는 없지만

그대 빛나는 눈동자를
차마 볼 수 없기에
내 두 손으로 그대 얼굴을 가립니다

목련꽃처럼 고귀한 우리 사랑이
점점 붉어지고 깊어지길래
내 마음을 활짝 열어 놓겠습니다.

시인, 시낭송가
이 봉 우

★ 목차

- (사)창작문학예술인협의회 회원
- 대한문인협회 경기지회 정회원
- 대한문인협회 홍보국장
- 대한시낭송가협회 정회원

- 2018.8 서울시 지하철 스크린 도어 시 공모 당선 (지하철 8개역 게시)
- 2018.9 순 우리말 글짓기 전국 공모전 (제 11회) 동상 수상
- 2018.12 명인 명시 특선시인선 선정
- 2018.12 시낭송가 인증서
- 2018.12 한국문학 올해의 시인상
- 2019.6.23 짧은 글짓기 전국 공모전 금상 수상
- 2019.9.22 순우리말 글짓기 전국 공모전 (제 12회) 동상 수상

시간은 저리 짧은데 / 이봉우

머잖아 떠나리
간이역에 정차한 기차 곧 떠나듯이
내릴 역을 향하여

선악을 넘나들고
행복과 불행의 외줄 타기에
울고 웃는 세상에서

그대와 별을 바라보다
어느 날
나 혼자 아니면 그대 홀로
상대의 부재 속에서 별을 바라보리라
그리고 얼마 후
우리는 다 떠나고
별은 홀로 밤하늘을 지키리라

초목이 사라지고 내리는 비는
무용하리라
때늦은 슬픈 후회

사랑하라
간이역 정차 시간은 저리 짧은데
오늘도 무얼 그리 꾸물대는지

사랑의 길 / 이봉우

사랑이 네게로 어떻게 왔는가?

찔레꽃 향기 하얗게 부서질 때
봄 길로 왔는가

국화꽃 달빛에 젖는 밤
별빛 타고 왔는가

메마른 대지에 단비 내려
뜨거운 입김으로 씨앗 깨웠다

사랑은
내 위로 너를
천년의 푸른 탑으로 쌓는 것

나, 오늘
그 탑을 돌며 봄 길을 간다.

가을이 와요 / 이봉우

귀뚜라미 울음 따라 가을이 와요
짧아지는 낮 길이
길어지는 밤 길이
날마다 그만큼으로

선선한 바람 앞세우고 새벽길 따라
풀벌레 선율 타고
풀잎의 이슬 밟으며
그렇게 가을이 와요
첫눈 뜬 강아지 꼬리 흔들 듯

이불 당기는 소리 몰래 엿듣고
그리움 피어나는 내 가슴으로

시인
이 세 복

★ 목차

- 시호 : 청아
- 경북 군위군 출생
- 대한문학세계 시 부문 등단(2019년)
- (사)창작문학예술인협의회 회원
- 대한문인협회 대구경북지회 정회원
- 현) "가슴 울리는 문학"임원

〈공저〉
- 1997년 대한투석지 월호 수필 부분
- 푸른문학
- 문학 고을
- 동사무추천 타임캡슐수록
- 2019년 호, 한국신장투석

〈수상〉
- 전국신장장애인 가요제 금상

가슴엔 꽃돌 / 이세복

길가엔 코스모스가 두 팔을 벌리듯
미소 띠며 나를 반기고
자전거 페달은 꽃바람을 가르며
싱그러운 향기의 간지러움에
어느새 코끝이 벌렁거린다
청명한 가을하늘과 맑은 공기에
생기가 도는 볼우물이 예쁘게 비친다
조석의 기온 차인지
소슬바람과 햇살로 벼가 황금색이고
사과는 빨강으로 탐스럽게 익어간다
푸른 강물은 어디로 가는지
물갈퀴 휘두른 오리 따라 내달음치며
얄궂은 심사를 아는지 모르는지
돛단배에 헛헛한 마음 띄워 보낸다
바람아 세월아 가는 길 묻지 않으마
희망의 빛은 생명이 되고
가슴에 품은 사랑 새까맣게
애증이 된 지 오래되지만
늘 마음 가꾸며 기도하며 살련다.

가을 들녘엔 / 이세복

전깃줄에 참새들이 포르릉 앉아
무슨 할 말이 그리 많은지
아침 인사를 싱그럽게 재잘거린다
뜨거운 태양을 품고
밤이슬 머금으며 돌담 기왓장에
납작 엎드린 호박넝쿨은
줄줄이 키재기를 하고
텃밭에선 가지와 고추가
햇살 받으며 주렁주렁 매달려
가을의 서정을 노래한다
청명한 하늘을 지붕 삼아
강가엔 원앙 부부가 노닐고
누렇게 고개 숙인 황금 들판은
메뚜기 고추잠자리 춤을 춘다
황금 들판에 추수가 시작되자
농부는 해 저문 줄 모르고
알곡의 짝사랑에 푹 빠진
너털웃음에 백로가 쭈뼛거린다.

바람 부는 잎새에도 / 이세복

솜사탕같이 하얗고 부드러운
구름은 바람 따라 유유히 흘러가고
떨어지는 낙엽은 앙상한 나목 곁을
떠나지 못하고 바스락거린다

뒤뜰 청옥색의 댓잎이 바람결에
스르르 서걱거릴 때
금빛이 감도는 배와 단감은
탐스럽게 주렁주렁 달렸다

스산한 늦가을
바람이 북풍을 재촉할 때
푸르던 청솔은 갈잎을 흘러내리며
초록의 무성함을 내려놓았다

깊어 가는 가을
만물의 묵언처럼 잠잠해질 때
가던 길 멈추고 오색의 낙엽을 보니
화려한 수채화를 뿌려놓은 것 같다

찌르레기 귀뚜라미 찌르륵 귀뚤귀뚤
제짝 찾으려 목놓아 울던 가을밤
외로움은 문풍지에 스며들고
쓸쓸한 바람을 가슴에 쓸어 담는다.

시인
이 승 덕

목차

- 시호 : 규린
- 1974년 여주 출생
- 2018년 11월 공감문학 "우리 강 알리기 공모전" 작사 부문 본상 수상
- 2019년 계간지 시학과시 신인문학상 수상
- 현) "가슴 울리는 문학" 회원

〈공저〉
- 시와 이야기 동인지
- 달빛을 줍는 시인들 제4집 동인지
- 공감 문학 봄호
- 시학과시 창간호
- 현대문예 2018년 9, 10월호 시와 이야기
- 2018년 월간 모던포엠 9월호

고백 / 이승덕

고단한 길 끝에
꽃처럼 환한 당신의 미소로
날 반겨주길 바랍니다

달무리 품은 훤한 달 안에
그리운 그대가 한가득 이여서
자꾸 눈물이 납니다

꽃이 되고 싶다
달이면 어때
구름이라도 되고 싶다

달무리처럼 당신을 품에 안고 싶다
내 고단한 길 끝에
향기로운 꽃으로 와줄래요

이 한밤
한잔 술에 눈물 꽃 피우며
그리움의 글을 띄웁니다

곱디고운 달빛 내리는 밤에
덩달아 흐르는 구름이
간절히 그댈 부릅니다

단, 한 사람 내 사랑아
나의 슬픈 고백을 듣고 있나요?

가시나무 / 이승덕

그리움이 비가 갠 후
몽글몽글 피어나는 안개처럼
또, 넋 놓고 이렇게 울고 있다

왜 그렇게 슬픔 가득 찬 눈망울이
별빛에 녹아 까만 하늘을 채우는지
비웃던 바람이 운다

온통 가시나무가 심어진 심장엔
핏빛 미움이 똬리를 틀고
살을 헤집는 원망으로 자라겠지

미련이 커질수록 가시나무는
더 굵게 자라나 심장을 찌르고
피눈물이 온몸을 타고 흐를 거야

시간을 거스를 수 있다면
기꺼이 내 목숨 내어놓을 텐데
돌이킬 수 없음에 그냥 넋 놓고 운다

사랑을 잃은 빈 가슴엔
꿈에서 깬 듯한 공허함에 몸부림치는
넋 나간 그 여자, 그리움에 지쳐 든다.

이별은 그렇게 / 이승덕

가랑비에 옷 젖듯 스민 마음 어찌할까
안타까이 갖지도 버릴 수도 없는
미련만 부르고 그냥, 모른 척할 걸

그대는 그것이 사랑이라는데
모질게 외면하며 상처 주는 당신보다
내가 더 아픈 이유가 뭘까

이젠, 그만 보내야 하는데
애잔한 그대 눈 안의 사랑이 아파서
하지 못한 말 이젠 할게요

잊어줘! 사랑 그게 뭐라고
힘겨운 마음의 짐 그만 내려놓자
미련은 욕심이라는 걸 서로 알잖아

이젠, 후회는 없어
그동안 차마 등 떠밀지 못했어
가질 수 없는 사랑에 아파하지 말자

그저 스치듯 안녕 하자
보내 주는 것도 사랑이라더라
그동안 그대의 여자여서 행복했어.

시인
이원근

목차

- 아호 : 다움
- 1966년 전남 고흥 출생
- 현) 광주광역시 거주
- 2018년 대한문학세계 시 부문 등단
- (사)창작문학예술인협의회 회원
- 대한문인협회 광주전남지회 정회원
- 가슴 울리는 문학 회원

박꽃 사랑 / 이원근

촛불이 자신을 태워 어둠을 밝히듯
온 누리를 아우르는 달 밝은 밤에
부끄러이 새하얀 속살 보여주는
박꽃들이 사랑을 노래하나

많은 꽃의 향연 속에서
후덕한 얼굴로 이 밤을 유혹하면
가냘픈 입술에 입맞춤해본다

그 향기 코끝에 찡하지 않아도
박꽃들의 사랑이 애달픈 건지
요염한 몸짓 사랑스럽다

한여름 밤 소담스러운 몸짓으로
여기저기 얼굴을 내미는데
박꽃 사랑을 피워볼거나

뿔소처럼 / 이원근

누구나 아침을 맞이하는 하루
이른 시간부터 내리치는 눈바람 속에
혹한의 냉기가 살갗을 파고드는데

저 넓은 평원에서 숨 쉬는 뿔소
한겨울의 하얀 꽃을 벗 삼아
차가운 세상을 우두커니 바라본다

매년 찾아오는 겨울의 늪에서
견뎌야 하는 겨우살이처럼
발등에 눈이 소복이 쌓일지언정

굳건히 서 있는 광야의 뿔소처럼
거친 숨소리를 내어본다

겨울철 자연의 수많은 소리 들으며
나는, 나를 돌이켜본다

할미꽃 / 이원근

오랜만의 재회, 살포시 바라보는 시간
시선 앞에 꿈꾸듯 보인
할매야, 할매야

보고 싶은 이 마음을 담아
꿈속 기나긴 밤을 여행했나 봐

깨어보니, 시작된 들판의 하루
할미꽃은 하늘을 향해
외롭지 않은 표정을 짓고 나면
따스한 봄철의 눈길에 젖어 드는

소년 시절
할매의 깊은 가슴 속을
어리광스러운 맘으로 헤엄치면
다소곳이 송이송이 할미꽃을 피운다

내년에도 사랑해야지
어린아이가 기뻐하도록 사랑해야지
가녀리지만 살아있는 꽃잎으로
피어나야지 한다.

시인
이 은 주

★ 목차

- 부산 출생
- 대한문학세계 시 부문 등단
- (사)창작문학예술인협의회 회원
- 대한문인협회 부산지회 정회원
- 2018년 짧은 시 짓기 전국 공모전 동상 수상
- 2018년 향토문학상 경연대회 대상 수상
- 2018년 한국문학 올해의 시인상 수상
- 2019년 문예창작지도자 자격 취득
- 2019년 제9기 대한창작문예대학 졸업작품 경연대회 동상 수상
- 2019년 순 우리말 글짓기 전국 공모전 장려상 수상

서서 잠든 나무 / 이은주

겨울 하늘, 두드리면 쨍
얼음 깨지는 소리가 날 것 같이
추운 어느 밤

앙상하게 해진 겨울 나무
사금파리 조각처럼 뾰족한
된서리를 맞았다

차라리 눈이라도 내려
모든 기억을
하얗게 덮어버렸으면 하다가

반복돼도 굳은살이 박이지 않는
아픔을 켜둔 채
서서 잠들다.

기다림 / 이은주

젖은 시간은 참 더디 갑니다

꽃향기 붉게 내뿜으며
벌 나비 함께일 때
시간은 얼마나 우리를 재촉하던가요

부산하던 시간은
열정이 흙빛 되어
뚝뚝 떨어지자
멈춘 듯 더디기만 합니다

강물은 굽이굽이
만나고 헤어짐을 반복해도
끝내 만나고 말 것을
서두른 강물도 늑장 부린 강물도
바다에서 만나기는 매한가지

붉은 동백 송이송이
피우고 떨구기를 반복해도
끝내 다시 오지 않는 님
긴긴 기다림 끝에
바다로 뛰어내린
붉은 마음 쌓이고 쌓여
동백섬으로 자리합니다.

밤에 쓰는 詩 / 이은주

유리같이 투명한 공기가
밀려오는 듯
그렇게 무거운 고요가
낮게 깔려 있는 밤이면
보름을 향해 차 오르는
달의 기운으로 구름을 밀어내고
차가운 푸른빛을
바다인 양 내 보내는 밤이면,

내 마음은
마를 줄 모르는 그리움의 바다
비로소 詩에게로
마음의 닻을 내린 나는
텅 빈듯한 적요가
더욱 부추기는 밤을 이고 앉아
공백지대에서
차츰 의식이 되살아나듯
푸석하던 감정의 결들 사이로
촉촉한 언어들을 밀어 넣음으로
흑백이던 내 삶에
여러 가지 색깔을 입혀주고 있는 詩.

이정원

★ 목차

- 1976년 서울 출생
- 현) 일산 거주
- 현) "가슴 울리는 문학" 회원
- 현) 고양시 일산튼튼정형외과 특수치료실 근무 중
- 현) 고양시 강선마을 17단지 입주민 동대표 총무이사
- 15년 간 재활병원 정형외과 재활의학과 물리치료사로 활동
- 한서대 대학원 물리치료학과 석사과정 졸업

사랑이 머물 때 / 이정원

그대 가슴에
내 영혼이 깃든 어여쁜 꽃이
활짝 피어났으면 좋겠어

꽃비가 내리는 봄날
그대와 둘이서 손을 꼭 잡고
질퍽한 땅을 밟고 강마저 건너고 싶어

숲속과 심연 속에서도
정감 어린 눈빛을 주고받으며
마음껏 사랑을 속삭이고 싶어

우리 마음 깊고 깊을 거야

그대 사랑스러운 가슴에 내가 머물고
해무가 포근한 햇살에 줄행랑놓듯
청명한 가을날 구름처럼 떠다니며
자유와 사랑을 누릴 수 있다면,

우린, 얼마나 좋을까?

마음먹은 데로 / 이정원

꿋꿋한 정신으로
내 인생 보람차게 삶을 누리고 싶다

한번 멈추면
가고자 했던 굳은 의지가
사라질지 모르니 끝까지 노력하련다

설령, 혼자서는 갈 수 없을 길에
함께 할 친구가 없을지라도
난, 그 길을 가보련다.

시기와 질투, 나태와 방황을 버리고
꼭, 세상 중심에 서지 않아도
그 끝을 알 수 없는 인생이라지만,

내가 가고자 한 이 길이
아무리 멀고 험한 길이라 해도
동행할 수 있는 친구가
그대라면 참, 좋겠다.

신호등 / 이정원

한 걸음 한 걸음씩 내디딘다

신호등을 바라보며
내 곁으로 다가오는 그녀

마음의 발자국이
그녀에게 달음박질한다

나를 보고 손을 휘휘 저으며
반갑게 걸어오는 그녀

먼 거리인데도 그녀구나
눈 감아도 눈을 떠도 알 수 있다.

그녀는 알까
그녀 기다리는 내 마음을..

말없이 바라보며 미소만 지어도
알 수 있는 우리 사이 같은데

그녀도 그럴까?

시인
이 종 갑

★ 목차

- 시호 : 만당
- 한국문인협회 등단
- 봉선화 사랑 세계에서 1위
- 일평생 신안 천일염 장사
- 현) "가슴 울리는 문학" 자문위원

서비스의 질 / 이종갑

곤지암에 터를 닦은 지 6년째다
입주 기념으로 후배(서현수)가
집 앞에 빨간 우체통을 세워줬었어

봄날이면 편지 대신
박새, 곤줄박이가 번갈아 둥지를 틀어
알을 품더니 아가 새들이 탄생한 거야

그런데 새집 우체통이 나이를 먹어
비가 새고 지붕이 갈라진 늦봄에
곤줄박이가 다섯 아이를 부화한 거지

이를 어째, 아기들이 날갯짓하기도 전
새벽녘, 길고양이의 습격으로
짧은 생을 마감하고 말았어

따르릉~ 우체통이 망가졌다! 현수야!
망치 톱 목공 연장 등을 챙겨
화곡동에서 곤지암까지 만만치 않은
거리와 시간인데 단숨에 달려왔지

뚝딱 똑딱, 우체통 새집이 와 우!
6년이나 지났는데 무상 서비스라
비용도 꽤 들었을 건데, 씽긋 웃는다
내년 봄날에 새들이 궁디 흔들기를..

큰일입니다 / 이종갑

아내의 스트레스가
머리끝까지 올랐답니다
빨강으로 붉게 물든 봉선화를
다 뽑아버릴 기세입니다

땡볕 가물 땐 봉선화에 조리개 질
좌르르 물 주어 파란 봉선 잎을 씻기고
억수장마엔 쓰러진 빨강을 세웁니다

늘 얼굴이 검게 타고
흙투성이 모습을 바라본 아내는
화가 머리 꼭대기에 앉았습니다

반대로, 붉음을 머금은 봉선화에
나는 피톤치드 수치가 최고이지요
행복한 뿌듯함이 넘쳐납니다

그래서 난, 아내의 등을 감싸며
사랑해요! 이 한 마디에
봉선화가 활짝 웃는 그 길을
함께 걸으면 아내는 금세 방긋합니다

우린 봉선길 함께 걸어요.

염재(鹽齋) / 이종갑

평생 소금을 팔며 살았습니다

아마도
어깨에 걸쳐 나른 소금이
남산을 채우고도 남을 겁니다

이 직업을 택한 이유가 있습니다
둘째 아이가 초등학교 2학년 때
종합장에 장래 희망을 적었는데
"아빠처럼 훌륭한 소금 장수가 되겠다."라고

선생님이 "왜냐?" 물으니
아빠가 힘들어해서요. 대답한 아이

뭉클했답니다
아들에게 멋진 소금이 되겠다, 라며
소금 집 아저씨로 임한답니다.

어느 날
소금에 봉선화 물을 들여
별난 소금을 만들었답니다

언젠가는 당신의 식탁에
맛을 깨우는 날이 다가옵니다.

시인, 작곡가
이 철 호

목차

- 땅끝 해남 출생
- 경기대 대학원 졸업
- 수기사 군가 작사
- 서울 금천구민의 노래 작사
- 장편 《서울의 별》출간
- 詩 《노랑 고깔모자》1,2,3집 출간

- "가슴 울리는 문학" 자문위원
- 희망봉광장 동인
- 시와 달빛문학회 등단
- 종합문예 유성 고문
- 시와창작 문학회 자문위원
- 사)한국문인협회 회원

- 기독교 광주방송국 주최 시 장원 수상
- 대한민국 문화예술 지도자 대상 수상
- 서울 시장장상
- 영등포구 구청상 외 다수 수상

기분 좋은 날 / 이철호

낯모른 여인이 버스에 오릅니다
왠지 기쁨이 차오르는 것이
아침 햇살에 살포시 핀 나팔꽃일까

엷은 미소로 주름진 삶을
소비할 듯한 우수에 젖은 얼굴
그런 모습입니다

숲 향기 짙은 오솔길에
들국화 꽃잎으로 접은 엷은 미소가
정겹게 우러나는 어여쁜 여인입니다

내 눈길을 뗄 수 없는 이유였다면,
애수에 젖어 긴 여운을 남기며
매혹스러운 눈빛과 침묵의 정으로
손을 흔들며 떠났기 때문입니다

무릇 단풍이 물들어 간다는
물안개 피어나는 호반의 소양강 강가
푸른 하늘과 드넓은 벌판엔
산뜻하고 풍요로운 가을 문턱입니다

그렇게 기분 들뜨는 여인 따라
설렘 가득 찬 소양강 강가는
나의 하루였습니다.

못다 한 사랑 / 이철호

차디찬 이별을 아무도 모를 이 밤
시지프의 슬픈 바위를 더듬으며
한없이 울어버릴까

당신과 난
살아 숨 쉬는 아픔과 이별의 갈림길에
서글픈 울음을 남겼습니다

한겨울 칼바람에
버림받은 방황의 슬픈 눈물을
한 잔의 술에 담가 마셔봅니다

노을 진 겨울 언덕에
사랑스러운 핑크빛 스카프에 싸인
뚜렷한 쌍꺼풀이,

완강히 버티고 있는 당신 뒤엔
또 한 잔의 허무한 독작(獨酌)을
어디에다 헤아릴까요

행여, 슬픈 여운만 맴도는
애처로운 그런 밤을 겪어보셨나요?

이별할 수밖에 없는 이별 앞에
사랑의 영혼은 빛처럼 떠나가는
이별은 가혹한 형벌입니다.

가을이 가기 전에 / 이철호

가을이 가기 전에
사랑을 배우고 익혀야 했습니다

가을이 떠나기 전에
추적추적 내리는 가을 빗소리에
사랑은 푹푹 해야 했습니다

갈바람이 단풍을 데려오는가 싶더니
어느새 소슬바람이 낙엽을 쓸어가며
아파지려는 가을을 외면합니다

이젠, 황량한 가을은
그리운 얼굴과 추억을 가득 채워
책 속에 사랑만은 남기려 했는데
끝내 깊이깊이 떠나가려 합니다

그 가을에 느껴야 할 사랑인데
각박한 시간을 잊고 있었나 봅니다

가을밤이 외로운 그대와 나,
가슴속에 그려야 하는 것은
아름다운 그대가 내 마음속에
설레는 사랑이 향기로운 꽃처럼
머물고 있기 때문입니다.

이현미

★ 목차

- 시호 : 천진
- 1967년 경북 예천 출생
- 대구 경북여자고등학교 졸업
- 대구 경북대학 방송통신대 졸업
- 슬하에 2남을 둔 주부
- 현) 영주 홈마트(판매직)
- 현) "가슴 울리는 문학" 임원

접시꽃 / 이현미

붉은 접시꽃이
나를 애처롭게 보고 있네요

하염없이 눈물을 흘리며
내가 그립다고
목메게 울고 있는 당신이여

그토록 피우고 싶었을까
살포시 고개를 내민
당신의 마음 같은 환한 미소로

하얗게 핀 접시꽃이
은은한 그리움으로 물든
당신의 얼굴처럼 사랑스럽네요

순백한 영혼이여

나 당신을
맘껏 그리워하며 사랑할래요.

가을 빗속에서 / 이현미

가을비가 종일 내리네요

우산속으로 사부작사부작
걸어오는 빗소리
가을의 분위기 너무 좋았어요

흐르는 냇물에 흰 두루미와
잿빛 오리가 물 위에서
한가롭게 노니는 모습 참 부럽네요

낚시하는 사람들도 있고요

가을 분위기에 젖은 한 여인은
그대가 홀로 걷던 그 길을
사뿐사뿐 걷고 있어요.

어느 가을날 오후 / 이현미

파란 하늘과 흰 구름이 두둥실
떠 있는 모습이 가을을 연상케 한다

어디선가 선선한 갈바람이
불어오는 이 시각에

서천 둔치에 푸른 잔디 위에서
스포츠 파크 골프 하시는 남녀 어른들
젊은 할머니들 깔깔 웃는 모습 정겹다

흐르는 서천의 냇가에
한 마리의 흰 두루미야
무엇을 그리 열심히 찾는 거니

노란 금계국이 아직도 피고 지는데
가을날 예쁜 들꽃들이 참, 아름답다

마지막 몸부림치는 매미의 울음소리
이름 모를 새들의 하모니

아, 내 청춘 돌려다오
벌써 반세기가 지나버렸구나

올가을에 사랑에 빠질 거야
가을을 사랑한 만큼.

시인
이 혜 진

목차

- 아호 : 예솔
- 2017년 대한문학세계 시 부문 등단
- (사)창작문학예술인협의회 회원
- 대한문인협회 경기지회 정회원
- 2019년 (사)문학애 정회원
- 2019년 (사)종합유성 정회원
- 분과 운영위원
- 2019년 종합유성문예대 졸업, 총무
- 가슴 울리는 문학 회원
- 2019년 (사)현대 시선 목련 꽃잎 외 3편 시화전 참여
- 대한문인협회 주관 경기지회 주최 향토 글짓기 경연대회 동상 수상

〈공저〉
- 문학애 바람이 분다
- 문학애 숲의 오솔길
- 다원문학 문예지에 동인지

그리움이 저미는 바다 / 이혜진

누구일까
그리움 헤아린 듯
파란 물감을 풀어놓고
임 기다리는 듯한 물결

곰삭은 듯한 까만 기억 속의 떨림
파랗게 멍든 그리움
갈매기 날갯짓에 방울방울
울음 짓는 바닷물

아픔 없이 피어난
꽃들이 어디 있을까 했던가
거품 속의 산고로 진주알 품었네

그리워, 그리워 못내 그리워
크림 같은 물거품이 하나 되는
밀, 썰물의 사랑
오늘도 하냥 눈물 흘린다.

예쁜 빈집 / 이혜진

태양이 등진
수평선 위에 물안개가 훔친다

미워하지 않는
둥근 마음으로 노을 끝에 서면
내 그리움은 청아한 파도가 되고

머물지 않는 노을빛에
주름진 얼굴 발그레 달아오른다

달무리 비껴가듯이
기억 속에 서걱대는 아픔을 딛고
비바람에도 꽃 피우는 갈매기 사랑

침묵으로 출렁이는 바다의 언어들
내 안에 편지로 담을 수 있는
예쁜 빈집이 되고 싶다.

그 어느 날이었지 / 이혜진

시린 햇살
바람 한 점, 공기 한 모금
빗살무늬 비추는 이파리 그립다

詩의 혼은 살아서
벼랑 끝에서라도 빛을 내며
고운 글로 사랑을 일깨운다

봉숭아 꽃물 든 세월 속에
내 하얀 눈물은 소금꽃이 되어
그리움으로 남아있고

얼기설기 싸리잎에 엮어진 추억을
대문 뒤에 달아두고
머물던 마음 돌아본다

노을은 가려지고
오랜 날 기다려온 하얀 꿈들
소쿠리에 차곡차곡 담아내는
참, 아름다운 날이어라.

시인
임춘금

- 1964년 충남 공주 출생
- 현) 경기도 군포 거주
- 현) "가슴 울리는 문학" 회원
- 현) 현대계간문학 회원

백일홍 / 임춘금

우리 만날 수 있을까
어쩌다가 멈춰진 사연
그래도 그 자리 찾을 수 있겠지

다시 또 피어나
흔적을 더듬는 붉은 백일홍처럼
그립다고 말하면 좋을 걸

보고 싶었다는 말 한마디
바람의 밀어처럼 흘려만 주어도
발그레 눈빛 글썽이겠지

꽃으로 피기까지
다시 찾아오기까지
애썼다고 토닥이는 바람처럼

너도 한번 그랬으면
말갛게 웃어줬을 텐데.

그 강가 / 임춘금

비에 젖은 옥수숫대
풀 내음 스미면
옥수수수염처럼 빗은 듯이
가지런한 어제가 말끔하게 흘러간다

어제는 하얀 구름의 흥겨운 노래
구름의 솜털 같은 그리움이
강물에 새록새록 스미면
강가의 돌멩이 스쳐 지나간
흔적 하나쯤 새겨지겠지

그렇게 강물처럼 흐르다가
네가 보고픈 날은
그 강가 모퉁이에 앉아
안녕? 하고 안부를 묻는
꽃가람 되어 기다릴게

바람의 손길이 널 데려올 때까지
시들지 않고 기다릴게.

갈대꽃 / 임춘금

서로 베이지 않을 만큼
고루한 간격으로
부드럽게 꽃잎을 펼쳤다

마음 들키지 않을 만큼
적당한 깊이로 묻혔던
세월을 꺼내선지 간드러지게 눈부시다

바람결 따라 눈썹 찡긋거리더니
바람의 마음도 훔쳤는지
지우다 만 흔적이 그려지고

누군가 이름 불러줬을까
갈대꽃 갈피마다
스쳐 간 인연도 새겼는지
떠나는 것은 너뿐만이 아녔다.

시인 장금자

목차

- 시호 : 운향
- 충남 예산 출신
- 현) 경기도 고양시 거주
- 현) "가슴 울리는 문학" 자문위원
- 2017년 대한문학세계 시 부문 등단
- (사)창작문학예술인협의회 회원
- 대한문인협회 경기지회 정회원
- 2018년 대한창작문예대학 졸업
- 작품 시10 (공저)
- 2017년 문학 어울림 동인지 (공저)
- 대한문학세계 신작시 선정
- 2018년 금주의 낭송시 선정 (태양)
- 2018년 금주의 시 선정
- 2018년 가곡 "사랑이라면"

인생길 / 장금자

꽃길만 곱게 걸어온 내 인생에
걷잡을 수 없는 회오리가 불어와
난 그만 숨을 곳을 찾는다

한 번의 경험 없는 나를 어찌하라고
전전긍긍하며 흘렸던 건 눈물이요
뛰는 건 가슴뿐이었다

소나기 무서워 주저앉아 우는데
천둥 번개 소름 돋친 질타 웬 말인가
의지할 사람 없는 외로움에 슬펐다

툰드라 벌판에 홀로 서 있는 두려움
뉘 손 잡아야 이 위기를 벗어나려나
초승달만큼 남은 인생이 고달프다.

바보의 사랑 / 장금자

바쁘게 살아온 삶을 되돌아본다
그 속에 바보인 나의 삶이 있다
세상 사람들의 눈엔 웃음이지만
내 가슴엔 아픔과 눈물이 멍울진다

해죽거리며 웃는 피에로처럼
슬픔의 멍울이 차곡차곡
가슴에 쌓여가고
칠흑의 어둠이 오면 홀로 눈물짓는다

속없는 사람이 어디 있을까
생각 없는 사람이 어디 있을까
늘 참고 살아온 삶에 후회는 없다.

주름진 세월을 온몸으로 껴안고
최선을 다해 살아가는
바보 아닌 바보는
오늘도 어둠을 밝히는 촛불이 되어
힘든 세상 속에서 환하게 웃고 있다

함께 하는 삶 / 장금자

봄바람 살랑살랑
귓불 간지럽히는 따스한 봄날에
어서 오라 손짓한다

혼자서는 살지 못하고
더불어 살아야 하는 인생살이
자연의 섭리 속에서 삶을
배우며 동고동락한다

꽃비가 휘날리는 한적한 곳에서
진솔한 마음을 나눌 벗과
따뜻한 커피 한잔을 마시며
고운 사연 한없이 나눈다

비비고 부대껴도 웃음 잃지 않고
행복한 삶을 살아가며
가슴 따듯하고 아름다운 사랑으로
우리라는 울타리 함께한다.

시인
장 유 정

목차

- 2018년 대한문학세계 시 부문 등단
- (사)창작문학예술인협의회 회원
- 대한문인협회 경남지회 정회원
- 현) "가슴 울리는 문학" 회원

수락산 자락에서 / 장유정

사방이 산으로 둘러싸인
아늑한 푸른 산새가 좋은 터에
돌기둥처럼 아파트가 솟아오른
그곳 둥지를 틀고 산다

도시의 밤하늘을 쳐다보면
우주 공간에 떠 있는 수많은 별이
대지의 꿈들을 찾아 헤맨다

도시의 불빛들이 자유를 찾아
숨 쉴 수 있는 나만의 휴식 공간
사랑하는 가족이 머문 이곳이 고향이다

산천초목이 변하는 도시의 물결 속
삶을 위해 우리는 움직인다

오라, 그대여 고난의 시련도
꽃 피우기 위한 전초전이다

그래도 열심히 살았노라고
위무해보는 그때가 되는 그날을
수락산자락 아늑한 이곳
하늘 올려 보면서..

족두리 꽃(풍로 초) / 장유정

하늘 강 머리 이고
연분홍 구슬 달랑달랑
새색시처럼 너무 고와라

어느 임 맞아 시집보내누
갈바람에 한들한들
바람이 마음 실어 흔들 때

서방님 아니 오고
노을만 꼴깍
산릉선을 넘어간다

고운 족두리 꽃 밤이슬 맺힐 때
별들이 나와 나를 위로하고

하늘 창가
휘둥그레한 달빛이 흐를 때
슬픈 곡조, 귀뚜라미 울어라.

백일홍 / 장유정

그대 강바람 안고
푸른 하늘도 내 집인 듯 잡아 앉히고

구름아 너희들도 오너라
두 팔을 뻗어 부른다

가을빛 향기로
구름 실어 나를 때
깊고도 푸른 겨울 강 너머 여기까지

푸른 낙동강 위로 백로 나를 때
구름인 양
너희들도 흘러가나

울긋불긋 고운 미소
가을 전에 꽃 잔치만 장판이네
기웃대는 바람도
꽃 위에 숨어볼까
스치고 갈까

구름을 나룻배에 실어 휘둥그레
코스모스 곁눈질 함께 흔드는
그리운 낙동강 산천의 향기

수필 작가
장 하 영

목차

- 아호 : 연화당
- 1968년 충북 제천 출생
- (현) 충북 제천시 거주
- 2019년 (사)문학고을 수필 부분 등단
- 수필 작가
- 아로마 테라피스트 전문강사활동
- 아로마테라피 교육
- 아로마테라피 전인치유요법 · 피부미용강사
- 체형관리사
- (현) 피부숍 운영 및 교육활동
- (현) 가슴 울리는 문학 회원

다르다 / 장하영

한 길 물속이 같을 수 없고
한 뱃속의 형제도 같을 수 없음에
각자의 생각은 다름이다

흐르는 음률과 곡조가 다르듯이
깨달음과 성질이 같을 수 없고
쓰임새도 다르다

계곡을 지나 씻기고 부딪히며
모난 것도 두리뭉실해져야
고운 물결이 일렁인다

너와 나는 그렇게..

이어간다 / 장하영

만물이 싹을 틔워 꽃을 피우고
열매를 맺어 환한 미소짓는다

바위틈새에 생명을 내어
밤꽃 향기를 내뿜는다

대수를 내려가는
역사와 연대의 흐름을 보게 될
밤꽃이 드리운다.

치유 / 장하영

바둑알만 한 논바닥과
나무 한 그루 작은 그림들 속의 점이
꼭짓점에 만나 살아간다

골패이므로 산다면 줄기는 썩어가고
뿌리의 흔들림은 보이지 않는다

흐르는 전류의 맞댐이
불꽃을 이루면
고개 숙인 꽃은 활짝 웃는다.

시인
정 선 호

목차

- 아호 : 운암
- 1956년 3월 일본국 가나가와현 가와사키시 오오시마 1정목 태생.
- 2018년 8월 대한문학세계 시 부문 등단
- (사)창작문학예술인협의회 회원
- 대한문인협회 부산지회 정회원
- 국민대학교 체육 교육학과 졸
- 중등체육교사 퇴임
- (현)요양보호사 재직
- (현)"가슴 울리는 문학" 회원
- 대한문인협회 주관 부산지회 향토글짓기 동상

5G 휴대폰 / 정선호

세월이 빠른 덜 나만큼 빠를까?

인생 이야기가 다양한 덜 나만큼
많은 이야기를 알고 있을까?

그래서 그런가?

너도, 나도 손에서 놓지 못하는 요물단지

이놈 때문에 세상에나~
홀로 사는 벙어리 세상이로세!

소녀의 기도 / 정선호

사직야구장 외야 구석진 자리에
두 손 모은 한 소녀가 있었다
아마도 원정팀을 응원하는 듯
외롭게 기도한다
패색이 짙은 9회 초 2사 후 공격,
소녀의 간절함이
선수들 가슴에 닿은 것인지
기적처럼 역전에 성공한다
소녀의 모습이 영상에 잡힌다
가슴에 두 손을 불끈 쥐고
애써 눈물을 참는 그것은
소리 없는 아우성이다
이제는 이루어졌다는 듯이
경기장을 나가는 당당한 모습이
'딱'하는 타격음과 함께 사라졌다
이름 모를 소녀여!
더러, 외롭고 힘겨운 날이 닥치더라도
오늘의 기억이 기폭제가 되기를
기도한다.

가을 노래 / 정선호

바람이 하는 말을
들을 수만 있다면 새벽에 일어나
이슬 맺힌 꽃잎과 인사하리라

꽃잎이 하는 말을 전할 수만 있다면
갈바람 부는 언덕에 누워
내 임을 불러보리라

저 하늘
두루마리 같은 구름이 편지지라면
나의 사랑 노래를 담아
그대에게 전해주리라

무단한 바람이
그대 창가에 속삭이면
잠시 창문을 열고
가을 노래를 들어 보아요

“가을이 오는 소리는
내 임 발소리 같아라”

시인 정 종 복

- 정종복 법무사 대표
- 대한문학세계 신인상(시 부문) 등단
- (사)창작문학예술인협의회 회원
- 대한문인협회 부산지회 정회원
- 한국현대시인협회 회원
- 한국스토리문인협회 회원
- (사)시인들의 샘터문학 자문위원
- 가슴 울리는 문학 회원
- 시집 [제발 티브이 좀 꺼요]

편지 / 정종복

멀리 가는 길이라
풀칠을 듬뿍했네

가다가
돌아올 생각은 마라

내 속마음
그대로 전하도록

그대가
전 할 말 있거든
부리나케 오거라.

가을 산야 / 정종복

벌그스름한 떡갈나무
그늘 몇 장에 들썩 주저앉아
오색단풍의 연주 소리에 취해본다

가을의 숲이란 귀보다는 눈으로
파고들어야 제대로 느낄 수 있듯이
떨리는 가지 끝자락에 맨살의 해가
드러눕는 모습 또한 유난히 처량하다

찬란한 오색화음의 숲이
어째서 잎을 버려야 하는지
비로소 느낌이 온다

저녁이 오지 않는 산은 없다
밤을 이겨내는 숲은 약간 소란하긴 하지만
응달의 계곡물은 소리죽여 흐른다

가진 걸 내려놓아야 하는 가을 산
그래야 쉽게 겨울을 건널 수 있으니
능선을 따라 이어지는 산야에
가을이 그린 수채화를 실눈으로 감상하며

내일,
다시 내 눈의 실밥이 풀리며
밝음이 다가오기를 갈망해본다.

양파 / 정종복

이른 봄날에
눈물을 흘려가며
겹겹의 겉옷
여러 벌 벗기고
씻길 때까지는
사랑인 줄 알았는데

시퍼런 칼날이
전신을 찌를 땐
완전히 속았구나

이렇게 갈 운명이라면
꿋꿋하게 가리다.

시인, 수필 작가
조 희 선

목차

- 1960년 경남 진주 출생
- 현) 창원시 진해 거주
- 현) "가슴 울리는 문학" 고문
- 한맥문학 시 등단
- 서울문학 수필 등단
- 한양문학 정회원
- 미소문학 정회원

참 좋다, 가을 / 조희선

옷을 바꿔 입었더니 가을 왔네
기다리지 않아도 성큼 다가서서
말없이 다정한 말 건네며
톡톡 두들기는 감성이 좋다

긴 소매에 묻어서 따르는
쌉싸름한 향기가 좋고
길게 끌리는 바짓단 붙든
가을 국화가 곱다

간간이 여름의 끝자락 붙든
매미의 자지러진 함성도 좋고
제 짝을 찾아 부지런히 왕왕대는
귀뚜라미의 애절함도 좋다

몸보다 마음이 더욱 풍성한
갈바람은 더욱더 좋다

코스모스와 갈대의
싱그런 가을 웃음 찾으러 간다
가을 닮은 그대와

유년의 기억 / 조희선

감꽃 유난스럽게 많이도 달린 그해 유월
파리한 얼굴의 앞집 옥이 언니가
거적으로 둘둘 말린 채
이웃집 아저씨 지게에 실려 산으로 가던 날

떨어진 감꽃 실에 꿰어 목에 걸고
떫은 감 맛 미리 느끼며
누구네 것이 더 떫은가 내기를 했었지

그날 저녁, 내 꽃목걸이 내다 버리며
위생에 유난스러웠던 고모가
툭 내뱉듯 하신 말씀이 튀어나온다

떨어진 꽃 주워 먹으면 옥이 언니처럼 된다

감꽃 빛 단풍길에 느닷없이 다가와
그때 몰랐던 슬픔이
쓸쓸하게 누웠다, 옥이 언니와 함께

교토삼굴(狡兎三窟) / 조희선

황금 길 위에 선 구둣발
무거운 음악의 흐름이 장송곡인 줄
미처 깨닫지 못했다

곤두박질친 권위가 땅을 구를 때
참된 인간은 사라져 버리고
피에 굶주린 승냥이 떼 먹잇감만 있었다

맹상군에게는 있는 풍환이 없어
귀와 눈을 가린 허상만 있을 뿐
그곳은 영원한 감옥이었음을

허무하게 무너져내리는
오벨리스크의 저주를 보며
그대들은 무엇을 생각하는가

미물도 세 개의 굴을 파는
생존의 법칙을 배우는데
머리를 이고 사는 인간은 죽음의 굴을 향해
앞만 보고 달리는 우를 범했다

안타까운 세월은 말없이 간다

차 성 기

목차

- 1966년 진주 출생
- 1988년 진주 농전 졸업
- 현) "가슴 울리는 문학" 회원

벚꽃 / 차성기

바람이 흔들어 화들짝 깨어나
활짝 웃는 얼굴 귀여운 모습

매끈매끈한 어깨와
햇살에 머리카락 날리며
수줍은 듯이 서 있는 그녀는

캠퍼스에 벚꽃을 그린다
아니, 그녀가 벚꽃이다!

늘 내 앞에서
눈빛 맞추길 좋아하고
미소를 잃지 않는다

그녀는 물감을 꺼내어
그려진 캠퍼스에
가느다란 길 양쪽으로
온통 새하얗게 덧칠을 한다.

양귀비꽃 / 차성기

그대의 사랑이 그리워
깊은 땅속에 뿌리를 내리고
드높은 하늘에 꽃을 피웠다

억겁의 시간이 흘러도
바람꽃 향기를 뿜었고
붉은빛 사랑으로 물들였다

진한 향기와 보드라운 꽃잎으로
한 잎 한 잎 엮어가며
뜨거운 눈물 가슴으로 녹이고

긴 한숨 내 뿜으며
자성하듯 열정을 놓는다

바람 같은 기억을 헤집고
애써 잊으려 눈을 감으며
시간의 흐름이 변하여도

오지 않는 임 기다리며
뜬눈으로 밤새워 지내는
슬픈 눈물의 양귀비꽃.

희망의 꽃 / 차성기

한 송이 꽃이 필 때는
대지 위에 빛이 비치고
저 하늘 높이 뜬
작은 별도 빛난답니다

방방곡곡에서
새 아침이 밝아오고
바닷물도 기쁨의 춤을 추는
세월의 미풍에 살랑이지요

한 송이 꽃이 필 때는
온 누리에 희망의 빛을 비춰
아무도 절망하지 않고
안도의 기쁨을 느끼게 되지요

행복한 나날을 꿈꾸며
슬픈 눈물을 웃음으로
사랑으로 이루어지기를
희망의 꽃은 바란다오.

시인 최 성 애

★ 목차

- 아호 : 화필
- 1962년 강원도 강릉 출생
- (현) 미국 텍사스 거주
- 2018년 대한문학세계 시 부문 등단
- (사)창작문학예술인협회 회원
- 대한문인협회 정회원
- (사)한국다선예술인협회 제2회 초대시화전 작가
- (사)한국다선예술인협회
- 2018.9 제2회 다선 문학상 수상
  "친구야, 젖은 바람, 괜찮아요,이제는"
- (사)한양문학 제6회 한양문학상 최우수상 수상 "마지막 눈물"
- (사)종합문예유성(제미국지회장)
- 가슴 울리는 문학 정회원

가을의 방랑자 / 최성애

울며 스쳐 지나는 소리가
서럽게 들리고,
바람에 시달려
홀로 방황하는 하얀 밤

지쳐 스러져 서걱거리는
긴 고통의 시간 끝,
벗어나고 잊기 위한
몸부림도 없었는데
젊은 시절의 푸르름은
어디에도 보이질 않는다

이제는, 왔던 곳으로
바람 따라가야 할 시간

유난히 추워하는 별 하나
체온으로 품고서

중년에 피는 꽃 / 최성애

뜨거움에 움츠려 떠는
불나방의 날갯짓은
사랑이 불타는 곳을 찾아
긴 입맞춤을 향해 떨어지고

열정에 젖어 꿈틀대는
야릇한 흔들림을 안고
기댈 곳을 찾아 떠도는 방랑자처럼
중년의 꽃은 슬프고도 아름답게
제 몸을 태우고 있다

별은 유성 되어 사라지면서
아름다운 빛으로 사위어 가고
그 시각 나는, 진한 향기 꽃으로
다시 피어난다

가득 찬 세월은 뒤로하고
사랑의 물로 피어나라
시들지 않는 꽃으로....

꽃의 노래 / 최성애

바람의 숨결이 데려온
숙명의 발소리에 맞추어
꽃의 노래는 시작된다

웃을 수 있는 삶의
곁눈질하던 노을이
긴 그림자를 드리우면
먼 그리움의 씨앗들 움트고

존재의 틀 안에 갇혀
시간의 벽 속에서 껌벅이던
텅 빈 그림자의 밤

잠에서 깨어
영롱한 이슬 따라 피어난
꽃의 노래는 시작된다

또 다른 가슴으로.

시인
최 영 호

목차

- 아호 : 꽃뫼
- 1970년 경북 영천 출생
- 하회별신굿 탈놀이 이수자
- 위성상회 대표
- 2017년 대한문학세계 시 부문 등단
- (사)창작문학예술인협의회 회원
- 대한문인협회 대구경북지회 정회원
- 대한창작문예대학 8기 졸업
- 문예창작지도자 자격증 취득
- 꽃뫼 시집1
- 아름다운 사람들 시집2
- 한국민속예술축제 문화부장관 금상

가을이 오면 / 최영호

찬 바람이 부는 날에는 그대 오실까
꼬깃꼬깃 구겨진 생각이 저물어
밤이면 뜨거운 가슴으로 두 눈을 감고
산 넘고 강 건너 그대를 그려본다

반복된 시간의 그물에 걸려
오지도 가지도 못하는 일반인 나에게
오로지 둥지를 맴도는 작은 틈에서 잠시
벗어나 흔들린 마음은 행복하다

혹독한 겨울의 찬바람을 이겨낸
물오른 우듬지 위로 소복한 희망이
풋풋한 그대의 봉긋한 마음을 열고
연둣빛 봄날에 늘어진 버드나무처럼
시원한 바람에 하늘하늘 춤을 춘다

무명저고리 끝 선을 맞추고
땀으로 얼룩진 야릇한 깃에
그대의 이름을 부르면 갸름한 미소로
찌그러진 옷고름 풀고 가슴을 열어
그리움의 다리미로 허기진 인정을 피운다.

느린 달팽이 / 최영호

젖은 영혼과 영혼을 향해
가느다란 더듬이 탯줄처럼 길게 뻗어
검붉은 별의 역사를 읽고 있다

비바람을 온몸으로 견디고
악착같이 붙어 오직 당신의
털털한 언덕을 오르고 올라
마지막 열정을 쓰고 있다

털 복숭아의 붉은 숨결이
탄성을 지르며 떨면서 울어도
볼 빨간 달팽이는 쉼 없이
그리움을 그리고 있다

절정을 향해 가는 느린 시간
바람도 숨죽여 고요한 밤을 지나
끊임없이 일으켜 세우고
달빛에 미끄러지듯 가로지른다

붉은 아우성이 꿈틀거리는
짜릿한 순간을 펴 올리고
검붉은 치맛자락 함초롬히
적시는 단비에 느린 달팽이
외로운 별을 찾아서 간다.

가을에 만난 그대로 / 최영호

봄의 얼음판 위를 걷듯
살금살금 살펴보면
내면의 여린 마음이
쩍 갈라져 불쑥 그대를 만난다

눈을 감으면 더 멀리 보이는 절벽
아득한 벼랑 끝에 하늘이 열리고
천천히 오랫동안 낮은 숨결
바람을 잠재운 허상에 매달린 업보

탈착의 시간엔 조용히 눈을 뜨고
앉은뱅이 우주를 날아 막힘 없는
울타리, 보이는 것 너머로
허물없는 마음의 큰길을 간다

풍경소리 울리는 가을의 산사에
오고 가는 시간이 눈뜬 물고기
바람결에 허공을 헤엄치다
면벽에 막힌 늙은 수도자의
어두운 귀를 뚫는 사자후의 소리
메아리가 되어 붉게 물든다.

하 정 희

★ 목차

- 1964년 부산 출생
- 현) "가슴 울리는 문학" 임원

명상에 들어 / 하정희

날뛰던 생각이 똬리를 틀더니
기억조차 잊은 상념들이 쏟아져
머리를 헤집어 놓는다

들이쉰 들숨에 섞여든 통증이
내쉬는 날숨에도 꿈쩍하지 않으니
마음 한 가닥 숨결에 놓고
호흡을 쫓아 등을 꼿꼿이 세운다

들이쉰 호흡 한 줄이 심장을 지나
단전에 모이니 몸속에 뜨끈한 기운이
분심을 밀어 고요에 든다

깜깜한 방과 육체의 경계가 사라졌다
긴장된 삶이, 굳어진 몸뚱아리가
고요 속에 녹아들고

창공의 새들보다 자유로운 것처럼
어둠 속에 묶어놓은 육체가 날아오르듯
평온한 마음의 정점을 이룰 것을.

그 섬에는 / 하정희

그대 시선 닿는 곳에
마음 하나 놓았습니다
부질없는 그리움 겹겹이 쌓이더니
파도에 멍든 이끼가 돋아났습니다

갈매기만 노닐다 갈 뿐
내리쬐는 태양에 심장이 타 버릴 때쯤
찾아드는 낯익은 얼굴
밀물 되어 모래밭에 숨어듭니다

그동안 무심하더니
왔는가 하면 떠나기 바쁜 모습에
소금 바람을 삼킨 해당화는
석양보다 붉은 눈물만 흘립니다

굳은 등껍질 속에 웅크린 기다림
속절없이 울어대는 갈매기만큼이나
외로운 그 섬에는
습한 바람만 살다 갑니다

이별 / 하정희

국밥을 먹기로 했다
쉽게 넘길 수 있을 것 같아서
꾸역꾸역
국밥 숟가락으로 입안을 채운다

내가 행복하기를 바란다는
그 한마디
그것도 입안으로 퍼 넣었다

숟가락으로 퍼낼 수 없는 기억들이
국밥 그릇에 넘쳐
먹어도 먹어도 줄어들지가 않는다

굳게 언약한 약속
나누어 먹던 달콤했던 기억
설레던 시간을
식어버린 국밥 속에 섞어 먹는다

뜨거운 줄도 모른 채
그릇째 마셔버린 사랑한 시간
소중한 추억을 국밥 속에 묻어둔 체
너를 그곳에 두고 간다.

시인
한 정 서

목차

- 아호 : 혜화
- 1967. 10. 전남 여수 출생
- 2019. 03. 대한문학세계 시 부문 등단
- (사)창작문학예술인협의회 회원
- 대한문인협회 광주전남지회 정회원
- 2019년 4월 시화전 낭송시 선정
- 2019년 9월 2주 시 선정
- 현)플라톤 아카데미 봉선 독서논술교습소 원장
- 현)독서토론.논술 지도 교사
- 현)"가슴 울리는 문학" 임원

입맞춤 / 한정서

머리에 풀숲을 이고
한들한들 바람 얹어
닿을 듯 말 듯 살포시 마주한
이마와 스르르 감는 두 눈
코끝에 오롯이 담은 사랑의 향기는
임에게 향하는 열정으로 입술에 머물다
이내 계곡 진 가슴을 훑는다

포개진 입맞춤은 아이스크림
가슴은 뜨겁게 타오르고
못다 한 에너지가 용광로처럼
전율을 일으키다 회오리로 휘감긴다

망망대해 같은 그리운 이 맘
심연 속에 감춰진 갈망 되어
머무는 곳도 아랑곳하지 않는 사랑에
맞잡은 손은 땀이 배기고
애꿎은 입술이 노니는 이 뜨거움은
몸으로 속삭이는 사랑의 언어.

깡통 / 한정서

속을 텅 비울 때는 시끄럽다고 핀잔주더니
묵직하게 채우니 조용하여 좋단다

비우고 살라면서도
가득 찼을 때만 찾아지는 나를
그 누가 사랑해줄까나

예쁘게 치장하고 손잡고 나선 길
나의 출렁거림은 네가 막아주고
너의 흘러내림은 내가 덮어줄지라도
흥겹게 가보고 싶다

정해진 길을 가면 좋으련만
너와 나를 찾는 이들이
즐겁게 부어라 마셔라 한다면
너와 나 다른 품에 안기겠지

이제라도 홀로서기 하고 싶다
요란하게 구애하면
다른 이가 나에게 담길 것이지만
그때의 느낌이 가져질까

비웠으면 비운대로
가득 찼으면 채운대로 인정하며
만족한 삶을 살려는 내 이름은 깡통이다.

마음의 중심 / 한정서

하늘을 향해 쭉쭉 뻗은 대나무야
땅속에 얽히고설켜 내린 뿌리로
발버둥 치는 생이 가상하다

인내로 얻은 마디마디의 훈장
내 어찌 그 뜻을 다 헤아릴까마는
너로 인해 내 인생을 돌이켜본다

너도 그럴진대,
사람으로 태어난 내게도 필시
주어진 사명이 있다 하니
바람에 흔들거려도 꺾이지는 말라는 듯
마음의 중심부터 잡으라 한다

인생 공부 허투루 볼 게 아니구나
자연의 고마움을 전하고 싶은데
까치의 개방정에 댓잎은 허허하고 웃는다.

시인, 시조
홍 찬 선

- 아호 : 초인
- 1963년(호적은 1966년) 충남
- 아산시 陰峰면 뫼골 출생
- 월랑초 음봉중 천안고, 서울대 경제학과, 서강대 MBA 졸업
- 서강대 경영학과, 동국대 정치학과 박사과정 수료.
- 한국경제신문, 동아일보 기자, 머니투데이 북경특파원, 편집국장, 상무 역임
- 2016년 시세계 가을호 신인상 수상
- 한국시조문학 제10호 신인상 수상(2016년)
- 4회 수안보온천시조문학상 본상 수상(2017. 4)
- 1회 한국시조문학대상 특별작가상 수상(2018.1)
- 틈, 결, 길 - 대한제국진혼곡, 삶-DMZ 해원가, 얼-3.1정신 魂讚頌 출판
- 현) "가슴 울리는 문학" 임원

눈동자 / 홍찬선

그날 그곳에서 그 아이 눈동자 무엇을 보았을까
밤낮 가리지 않고 쏟아진 번개 천둥 소나기보다
무서웠을 총 대포 비에 엄마 아버지 어디 가고
울음조차 지쳤는지 두 눈 동그랗게 총상 파편 가득
골목서 멍하니 갈 길 바쁜 군인 눈 잡는다
유토피아 만들겠다는 찻집 주인 잃고 떠는 것처럼

그날 그곳 서울 명동에서 빗발치는 포탄 용케 비켜
질긴 목숨 건졌던 그 암탉 전쟁이 휩쓴 폐허 속에서
원하던 한 줌 모이 찾았을까 풀 한 포기 없는 죽음
사람이 사람 무서워 버린 땅 그 땅도 생명 있다는 것
그 땅도 꿈 살아있다는 것 털 뽑히지 않고 증명했을까

그날 그곳에서 목 놓아 울던 그 아이 엄마 아버지
다행히 찾았을까 지금은 어디에서 무엇 하며 살까
일흔셋 큰 누나 또래 젊은 할머니 되어 그 전쟁 통
내동댕이쳐졌던 삶 그 아수라장서 겨우 살아난 몸
죽지 않은 게 다행이라고 추억 새김질하고 있을까

허수아비 / 홍찬선

이은 엄마에게 쫓겨난 허수
남의 집에서 머슴살이하는데
찾아 나선 허수 아버지 허기져
논둑에 쓰러져 죽었는데 새들도 그
아픔 함께하는지 날아들지 않아
허수 아버지 닮은 허수아비 세워
봄 여름 땀 모은 알갱이 지킨다

해와 달 흐르면 뫼와 물 바뀌고
뫼와 물 바뀌면 새와 사람 변하고
새와 사람 변하면 풍속도 달라진다
나무막대기 묶어 열십자 팔다리 되고
짚 얼굴 낡은 천 헌 옷 걸친 거지
양복에 중절모로 맘껏 뽐내고
스마트폰으로 시간 보낸다

아버지 허수 찾은 것일까
새들도 허수아비 깔보기 시작했다
한두 번 몇 마리 속아주는 척하다
깡통 헝겊 장대 총 바꿔 놀라게 해도
소 닭 쳐다보듯 빙그레 웃는다
고추잠자리 용쓰는 조국 허수아비 된 걸까

은행 / 홍찬선

가을이 익어가는 곡교천 연인 사랑
노란 잎눈 행복 속 구린내 코의 수난
행복은 적당한 거리 가르치는 은행이

먹거리 지천이라 서럽게 버림받네
불더위 천둥 번개 이겨낸 생명으로
산책로 고개 돌린 채 짓밟히는 몸뚱이

씨앗은 하나인데 자란 곳 보는 현실
도심 속 미세먼지 중금속 시달린 채
갈수록 천덕꾸러기 외면당한 금동이

* 곡교천 : 충남 아산시 현충사 앞을 흐르는 하천. 둑방길에 은행나무가 심어져 연인들과 작가들이 많이 찾는 곳으로 유명하다.

시인
김 재 덕

★ 목차

- 시호 : 운중
- 전남 신안군 지도읍 출생
- 호텔 경영학과 전공
- (현)부산 거주
- 2017. 대한문학세계 시 부문 등단
- (사)창작문학예술인협의회 회원
- 대한문인협회 부산지회 정회원
- (사)한양문인협회 정회원
- 현) "가슴 울리는 문학" 대표
- 대한창작문예대학 제8기 졸업
- 2018년 문예창작 지도자 자격 취득

<수상>

2018. 09. 대한문인협회 주관 부산 향토글짓기 경연대회 은상
2018. 12. 한국문학 발전상 수상
2019. 05. 도전한국인 문화예술 지도자 대상
2019. 06. 대한문인협회 주관 전국 짧은 글짓기 대회 동상

정의구현을 내 삶 속에 녹여서 / 김재덕

굴곡진 인생길에서 만난 인연의 수많은 스침이 내게 도움을 주고 힘이 되어주었던 참 고마운 사람이 있다. 가슴속에 미안함이 가득 차 눈동자 마주치면 부끄럽기까지 하다. "나의 성품이 이것밖에 되지 못했나!" 후회와 죄책감이 앞서지만, 그것을 인정하기 싫어 나의 치부와 굴레를 남에게 뒤집어씌운 못난 사람은 아니었을까. 돌이켜 본다. 부모님 생전에 "남을 이롭게 하며 해롭지 않게 처세하라." 하시던 그 말씀 새겼지만, 행여, 그런 일이 있었다면 자각하고 반성을 해야 할 것이다.

늘 부모님은 "기본을 망각하지 말고, 사람이면 짐승 같은 짓은 하지 마라"란 말씀을 하곤 하셨다. 인간으로 태어나 짐승 같은 삶을 살지 말라는 뜻이었으리라. 살다가 간혹 실수하는 비애와 반복이 없도록 작심하지만 고운 인연 맺기가 참 어렵다. 부모와 자식 간에도 서로 미안한 마음이 앞서는 것은 참 나를 만나는 것이다. 하물며 하늘과 땅을 같이하자던 의기투합의 관계도 한순간의 이기심으로 분열하고 몹쓸 굴레를 덮어씌우는 일이 다반사로 일어난다. 지나고 나서 후회하는 목소리 높이는 뱁새는 아니었나 생각해 볼 일이다. 너 나 할 것 없이 하늘을 똑바로 바라볼 양심을 배양해야 하지 않을까 싶다.

"너 자신을 알라"의 진리는 깨우치지 못했다더라도 최소한 "나란 사람은 어떤 사람인가?" 되돌아볼 여유를 가지는 자, 그가 슬기로운 사람이 아닐까. 많은 것을 깨치게 하는 이 밤에 고뇌를 풀고 마음을 다독이며 자아를 발견할 수 있는 이 여유로움도 과히 나쁘지만은 않다. 하나, 세상을 살다 보니 진실보다는 거짓이 많았고 감언이설로 진실 아닌 거짓을 많이 봐왔다. 설마가 사람 잡았고, 웃을 일보다는 눈물 흘릴 일이 많았지만, 불행하다고 느끼는 그 시간에 희망을 놓지 않은 인생이 빛을 본다는 진리를 깨치려 노력했던 나의 삶이다.

정의를 구현하는 삶을 추구하려면 어떻게 사는 것이 올바를까? 가령, 본인이 생각하는 것이 타인의 이념과 지향하는 방향이 다르다는 이유로 모순이라 정의할 수 없듯 존중하고 배려하는 미덕을 쌓아도 시원찮을 판에 이 세상은 모르쇠의 천국이다. 물과 바람이 흐르듯 자연스레 맞이하고 부딪히며 이겨낸다면 무엇이 문제이랴. 역행하는 무리를 보면 안타깝고 갈수록 못된 군상들이 많아지는 것 같아 참으로 애석하다.

나부터 올바른 생각과 사람답게 살아야 하겠다는 마음을 다져본다. 세상은 그리 녹록지 않는다는 것을 나는 안다. 하지만 뭐가 옳고, 그른지 아리송한 세상을 사는 우리들은 어쩌면 좋을까.

서로 믿고 의지하며 품어주고 배려하며 감사와 은혜를 아는 세상은 웃음이 끊기지 않는 밝은 세상이리라. 다 함께 노력하며 나에게서 너에게로 그렇게 바뀌는 세상을 만들어 보자. 거울을 보며 흔쾌히 웃는 미소를 만들어 본다. 욕심을 버리고 참나를 찾아 너에게 행복을 전할 수 있기를 바라는 마음을 담아서.

가슴 울리는 문학 동인 시집

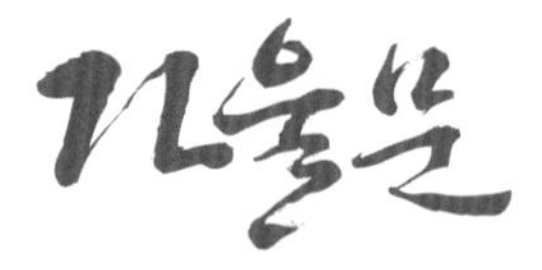

2019년 11월 6일 초판 1쇄

2019년 11월 11일 발행

지 은 이 : 김재덕 외 48인

강 설 권영심 김경기 김금자 김난영 김양해 김영주 김유진 김재덕 김종기 김진주 도분순 도현영 박남숙 박성수 박정수 서경식 소순갑 손미경 신승호 심현철 오수경 유영서 이명희 이봉우 이세복 이승덕 이원근 이은주 이정원 이종갑 이철호 이현미 이혜진 임춘금 장금자 장유정 장하영 정상원 정선호 정종복 조희선 차성기 채규판 최성애 최영호 하정희 한정서 홍찬선

엮 은 이 : 김재덕

디자인 편집 : 이은희

기 획 : 시사랑음악사랑

연 락 처 : 1899-1341

홈페이지 주소 : www.poemmusic.net

E-Mail : poemarts@hanmail.net

정가 : 15,000원

ISBN : 979-11-6284-154-9